~~70~~
30

芙路魅 Fujimi

積木鏡介

KODANSHA NOVELS 講談社ノベルス

ブックデザイン＝熊谷博人
カバーデザイン＝辰巳四郎

Fujimi——一九九九年八月三日①

弓削《ゆげ》教授邸（旧南條《なんじょう》邸）

「そろそろ捜査令状が届く時間ですね」

物陰から凝視《じっ》とその屋敷を監視し続ける曽我重人《そがしげと》刑事に、所轄署の東雲《しののめ》三四郎部長刑事が小声で話しかけた。本庁から派遣された、まだ経験の少ない若い捜査官への労《いた》わりが籠《こも》った声だ。

曽我は、白髪の目立ち始めた老練《ベテラン》刑事の気遣いに緊張気味の笑みを返してから腕時計を一瞥《いちべつ》し、やがて午後三時半になる事を確認してから視線を再び屋敷へ戻した。

盗難を警戒しているのだろうか、高い塀が屋敷を固めている。二階建てなのだが、一階は全く視界を塀で遮《さえぎ》られていた。視線の先を固定させたまま、

「一九年ぶりになるんですね、東雲さんがあの屋敷をご覧になるのは」

「ええ。でも忘れた事はありませんよ、あの屋敷だけは。それにしても、またこんな形で訪れる事になるなんて」

長い刑事生活で刻まれた眉間の皺《しわ》が、一層深くなった気がした。そして更に何か言葉を続けるような仕種《しぐさ》をしたが、直ぐに思い直したように唇を固く閉じる。

曽我もそれ以上は何も訊こうとしなかった。実際東雲には、今回の事件が起きてからも、何かと理由をつけてはこの屋敷を訪れるのを避けていた節さえ見受けられたからだ。

抑々《そもそも》今更何を訊く必要があるのだろう。一九年前、三人の幼い命を奪った猟奇殺人事件。その最後を鮮血で飾る舞台となったあの屋敷——旧南條邸で起きた惨劇の事を。

苦茶々《くちゃくちゃ》になった白いハンカチを取り出すと、額

に溜まった汗を拭《ぬぐ》った。

　いや、あの事件ばかりじゃない。一三年前には男女四人の高校生を、七年前には二人の看護婦を、九日前には会社員・田名網準一《たなあみじゅんいち》を、あれは殺害したんだ。

　そして今度は更に三人の子供達があの中で……

　屋敷の扉《ドア》が開き、中から一人の老人が庭先に現れた。

　身長は、中肉中背の曽我よりいくらか低い。だが肩幅は広く、八〇歳に手が届くとは思えないほど、がっしりした体格だ。

　丈の長い白衣を羽織《はお》り、お腹から溢《あふ》れ出る脂肪塊を覆うワイシャツは、身躾《だらしな》無くズボンからはみ出したままだった。ネクタイも締めていない。

　この屋敷の現主《あるじ》、医学博士の弓削道蔵《みちぞう》X大学名誉教授だ。

　どうやら外出する心算《つもり》はないらしい。曽我は服装を見ながらそんな事を考えた。

　櫛《くし》で乱暴に梳《と》かしただけの油っ気の無い白髪——その下の老眼鏡から覗く目が、落ち着き無く周囲の様子を窺《うかが》っている。弛《たる》んだ頬が揺れているのが、曽我の目にも分かった。

　遠くの方からパトカーのサイレンが聞こえてくる。

　途端に弓削教授は、門扉《もんぴ》へ足を引《ひ》き摺《ず》るように駆け寄り、石柱に挟まれた鋳物製の柵を握り締めてサイレンの響く方向を睨みつけた。最初は怪しむように——だが、それが微《わず》かながら次第に屋敷《こちら》へ接近して来ると知るや、表情が目に見えて険しさを増す。

　曽我は頭の中で舌打ちした——あの爺さん、耳は俺よりも確からしい。

　弓削教授が再び動いた。叩きつけるように柵から手を離すと、大きなお腹を不恰好に揺すりながら、屋敷の裏手へと走り去ったのだ。

「地下室への入り口は、屋敷の裏手にあるんです」

　東雲が曽我の頭の中を見透かしたように呟《つぶや》く。

教授は地下室へ向ったのだろうか。不吉な予感が東雲の胸を過《よぎ》った。その地下室こそ、一九年前に幼い少女の遺体が発見された場所だったからだ。

†

今、確かにパトカーのサイレンを聞いた。あれは此処《ここ》へ向っているのだろうか——弓削教授は裏庭に回るなり、地下室へ通じる木製の扉《ドア》に取り付けられた真鍮の握り玉《ドア・ノブ》を干《ひ》乾《から》びた指で鷲掴《わしづか》みにし、手首を捻《ひね》った。

扉の奥——入って直ぐ左手にある開閉器《スイッチ》を弾き上げると、旧式の裸電球が地下室内の闇を何とか押し退《の》ける。橙々色《オレンジ》の頼り無い光に浮かび上がった一二畳ほどの地下室の光景が、粗末な階段を一気に駆け下りようとする弓削教授の足を止めた。

普段は箱一つ無い、がらんとした室内。だが、今眼前に広がっているのは……

(これは、あれがやった事なのか)

再び階段を、今度は慎重に一段ずつ確かめるように下りる。その間にも怒りと動転で混乱した視線が、地下室の四方八方を忙《せわ》しなく駆け回っていた。

そして階段を下りきると同時に、視線は地下室の中央で止まった。そこにあれが居たのだ。

足元の冷たいコンクリートの床に転がる金属バット、そして右手に握り締めている大きな肉切り包丁の切っ先からは、まだ生温かそうな鮮血が滴《したた》り落ちている。

「お前がやったのか?」

震える声に、あれはゆっくりと頷《うなず》いた。

(怪物め!!)

頭の中で吐き出した。

そうだ。此奴《こいつ》は怪物だ。人間の姿形を纏《まと》っているが、正体は獰猛《どうもう》な捕食性の原生動物《アメーバ》——最初から人間の手に負える奴じゃなかったんだ。あの時、それに気づいていれば……。

教授は、己の息子を失った一九年前のあの事件の真相を全て知っていた。拘置所を訪ねた時、息子が彼にだけ何もかも打ち明けてくれたからだ。誰にも言わないでくれ、そう念を押した上で。

その二日後、息子は取調べ中に死んだ。あれだって犯人は……。

教授は全身を焼き尽くすような葛藤《かっとう》に苦しんだ。そして怒りと恐怖が、屈折した愛情と歪んだ好奇心と、何より学術的な功名心によって捻《ね》じ伏せられたのだ。

数人の犠牲によって、数万人、いや数十万人の命を救う事が出来るのなら。それが研究者の傲慢《エゴ》に過ぎぬ事は、百も承知の上で。

だが、その愚かな選択の結果があれだった。

「怪物め!!」

今度ははっきりと舌先から吐き出した。

「こんな事を仕出かして、ただで済むとでも思っているのか?」

地下室中央へ、追い詰めるように二歩三歩と進み寄る。だがあれは、さも愉快そうな目で教授を見詰めるだけだった。

「何が可笑《おか》しい!? お前には、あのサイレンの音が聞こえないのか。もう警察が直ぐ傍《そば》まで来ているんだ。逃げ道はないんだぞ。何もかもお終いだ。今度は誰もお前を——」

薄明かりの地下室に突然響いた笑い声が、教授の声を押し潰した。

「私を捕える事なんて、誰にも出来無いよ。〝存在するもの〟の大いなる意志が生み出したものを、捕まえる事なんて誰にも出来無い。あなたがそう教えてくれたんじゃありませんか」

揶揄《からか》うような妙に落ちついた声に、一瞬退《たじろ》ぎ形となったが、直ぐに明々様《あからさま》な侮蔑を込めて鼻を鳴らし、

「虚勢を張っていられるのも今の内だな。直ぐに警官共がここへ踏み込んで来るだろうさ。そしてお前

を獣みたいに押えつけ、獣みたいに檻の中へ閉じ込めるんだ、永遠にな。もう二度とその薄汚れた手で――」

言葉の終わらぬ内に、突然あれが教授の懐へ飛び込んだ。

包丁の鋭い先端が、その分厚い脂肪の奥の心臓を抉《えぐ》る。崩れるように倒れる教授目がけ、何度も凶器が振り下ろされ、その度に血煙が裸電球の明かりの中を舞った。

†

弓削邸の前には数台のパトカーが到着し、門扉の前に捜査官達が集合している。曽我も東雲も既にその中に混じり、張り込み状況を上司に報告した。

柵が開かれると、令状を携えた捜査主任を先頭に、続々と刑事達が敷地内へ雪崩《なだ》れ込む。曽我は東雲等数人と地下室への入り口がある裏庭へ回った。

捜査官の一人が素早く白い手袋を着用し、地下室へ繋《つな》がる扉に手を伸ばした。鍵の錠《か》かっていない扉は抵抗も無く開かれ、裸電球の灯《とも》る地下室へ捜査官達が次々と突入する。

だが、威勢良く階段を駆け下りようとした足が、階段途中で止まった。中には大声を上げて、地下室から飛び出して来た者さえいる。

「何かあったんでしょうか」

東雲と共に後方で成り行きを見守っていた曽我は、そう呟いてからその傍《そば》を離れ、ゆっくりと地下室へ歩を進めた。

耳障《みみざわ》りに軋《きし》む階段を慎重に下りた曽我の目に映ったもの。それは吐き気を催すような凄惨《せいさん》な光景だった。

コンクリートの冷たい床に転がる三つの遺体――いずれもまだ幼い子供達だ。頭から血を流しているのは、床に転がっている金属バットで殴打された所《た》為《め》だろうか。

捜査官達を戦慄せしめたのは、その遺体がいずれも胸から腹までを、柘榴《ざくろ》のように大きく切り裂かれていた様《こと》だ。

その上、その肉の亀裂から手を突っ込んで腸臓《はらわた》を引き摺り出したのか、毒々しい色の臓器がこれ見よがしに地下室一面に散乱している。

生々しい薄桃色《ピンク》に、網目のような血管が走る消化器官には、鋭い鋏《はさみ》が無残に突き立てられたまま転がっていた。

コンクリートの床が赤黒い粘着性の血糊《ちのり》で酸鼻《さんび》に彩《いろど》られ、迂闊《うかつ》に歩くと滑りそうだった。数歩足を踏み出した途端、靴底から仔猫の死体でも踏んだような、厭《いや》な感触が走る。

慌てて飛び退《の》くと足元には、ほんの数時間前まで生きていたであろう臓腑《ぞうふ》が、出来損ないのプリンのごとく揺れていた。生唾さえ飲み込む事が出来無い。

「あの時と同じ……、いや、あの時以上だ」

いつの間にか曽我の直ぐ傍《かたわ》らで立ち竦《すく》んでいた東雲が、掠《かす》れた声で呟いた。「あの時」と言うのは、一九年前の事件《こと》だろう。その声で我に返った曽我が、

「連れ去られた子供達でしょうか」

「多分、そうでしょう」

間に合わなかったか。曽我を始め、恐らくは地下室に居る全ての捜査官が、胸の奥で黙禱《もくとう》を捧げただろう。溜息と共に無残な遺体と散らばる肉塊から目を逸《そ》らし、視線で弓削教授の姿を探していると、

「弓削教授ならそこにいますよ」

東雲の視線の先——階段の直ぐ横に、弓削が仰向《あおむ》けに倒れているのが目に飛び込んだ。横には生血をたんまりと啜《すす》った肉切り包丁が転がっている。これで何度も刺されたのだろう、弓削教授の白いワイシャツは、夥《おびただ》しい鮮血で赤一色に染め抜かれていた。

死体はまだ生血を噴いているのか、見ている間にもその赤い絨毯《じゅうたん》を広げ続けている。

（弓削も殺されたのか）

その時外で待機していた捜査官が、別の捜査官と話しているのが耳に届いた。

「おい、地下室に犯人は居たか」

「いや、こっちは死体だけだ。屋敷内はどうなんだ」

「まだ家捜しが始まったばかりだが、どうも誰も居ないみたいだなあ」

「逃げたのか？」

「ああ、どうもそうらしい。今非常線を張る準備をしているよ」

曽我は首を捻った。

自分と東雲刑事は、弓削教授が裏庭に回るのを見た。教授がこの地下室へ入り、此処で殺害されたのは間違い無い。そうだ。犯人は紛《まぎ》れも無くこの地下室に居たのだ。

そして教授殺害後、犯人はこの地下室を抜け出して……抜け出して何処《どこ》へ逃げた？　どうやってこの敷地内から逃走した？

屋敷からの唯一の出入り口である門扉は、自分達がずっと監視していた。誰も通っていない。門扉からこの屋敷を出た者は猫の子一匹いなかった。

だとしたら――

（犯人は一体、どこへ消えたんだ）

Fujimi——一九八〇年

七月三〇日——九月六日

証券会社の朝は早い。出社時間が八時半と言っても、そんな時間に顔を出す社員など殆《ほとん》どいない。事実上八時には仕事開始なのだ。

織部《おりべ》もまた腕時計を睨みながら、早足に駅を目指していた。

だが七月終りの太陽は、早朝といえども薄い夏物の背広を悩ます。だから近道となる市民公園の前に辿《たど》り着き、木陰の涼しげな遊歩道が見えた時には、いくらかほっとした気分だった。

砂利道は——雨の日は却《かえ》って癪《しゃく》の種だが——晴れた日には足の裏に心地良く響く。遊歩道の両脇から道を覆うように伸びる枝葉と、その隙間を縫う木漏《こも》れ日が暑さを暫し忘れさせてくれた。

公園に設置された大きな噴水と花壇が見え始める。もう少しこの清涼感に包まれていたかったのだが、もう三分の二が過ぎてしまったのだ。

そんな少々恨めしい気分で眺めていた時、奇妙な事に気がついた。夏の花が咲き乱れる花壇に、何か見慣れぬ物が転がっていたのだ。

自然と歩度《ほど》を緩め、視線がその花壇に焦点を合わせていた。そして視力が充分その花壇を捉《とら》えた瞬間、織部の足が止まった。

それは〝物〟などではない。人間だ。人間が倒れているのだ。しかも公園内を寝床にしている浮浪者《ホームレス》などではない。明らかに子供だ。だけど何故こんな場所に……。

爪先の方向が花壇へ向いた。

やはり子供だった。人形のような脆弱《ひよわ》さを残す足は、まだ幼児のものに違い無い。言い知れぬ不安に急かされ、次第に速度を上げる織部の視界に、その花壇に倒れる子供の全貌が露《あら》わになった時——

織部は恥も外聞もかなぐり捨てて悲鳴を上げ、弾き飛ばされるようにその場から逃げ出した。そして駅前の交番へ転がり込んだのは、それから五分後の事だった。


東京A区の一部、閑静な住宅地を管区とする警視庁B署・強行犯係の東雲巡査部長にとって、一九八〇年は忘れられない年になった。

元々凶悪事件とは無縁な、どちらかと言えば高額納税者の集まる土地柄だ。刑事生活一〇年目の東雲も、新聞を連日賑《にぎ》わせるような連続殺人事件や猟奇殺人事件などとは無関係な警察人生を送れるものと思っていた。

それを一変させたのが、七月三〇日の早朝だった。駅前交番から市民公園で変死体発見の連絡が入ったのである。それが始まりだった。

東雲が市民公園へ到着した時には既に現場に縄が張られ、制服警官達が関係者以外の立ち入りを拒んでいた。鑑識課員が巻尺で四方八方《あっちこっち》の距離を計ったり、写真を撮ったりと忙しそうに動き回っている。

後に分かった事だが、公園に放置されていたのは、前日から行方不明となり、警察へ捜索願いが提出されていた佐野翔《かける》君。当時まだ五歳だった。

死因は鈍器による後頭部への殴打。それだけでも充分残忍な犯行だが、幼い遺体への冒瀆《ぼうとく》はそれだけではなかったのだ。

死体の第一発見者であった通勤途中の会社員＝織部は、暫《しばら》く食事が真面《まとも》に喉を通らなくなったという。

「こりゃ、酷《ひど》い」

現場に到着した捜査官達の第一声は何《いず》れもこうだった。

殺人現場に不慣れな若い警察官……いや、充分な年期を積んだ年配の刑事の中にさえ、嘔吐を催す者がいる。東雲も小さな仏の変わり果てた姿を見た途端、目を背《そむ》けざるを得なかった。

翔君の遺体は殺害された上、まるで理科の実験＝蛙の解剖のごとく胸部から腹部を大きく切り裂かれ、しかも内臓の一部が無残に引《ひ》き摺《ず》り出されていたのである。そしてその引き摺り出された臓器は、遺体の周囲に放置されたままだった。

「遺体を綺麗《きれい》に縫い合わせるまで、ご両親には見せられないな」

東雲が呟《つぶや》くと、脇にいた捜査官の一人も頷《うなず》いた。


実りの無かった初動捜査終了後、特別捜査本部が所轄署会議室に設置された。

検死の結果、死亡推定時刻は前日の午後一時から二時と判明。但しこれだけの流血沙汰があったにも拘《かか》わらず、公園内には大した血痕も見つからない事から――

「被害者はどこか別の場所で殺害され、体を切り裂かれた後、発見場所の市民公園に運び込まれたものと考えられる」

これが警視庁と所轄署による合同捜査本部の出した結論だった。東雲が挙手し、

「犯人は遺体を運搬するために車を使用したと思うのですが」

「断定は出来んが、幼児とはいえ公園まで担いで運んだとは考え難《にく》いな。確かに何らかの車両を利用した事は間違い無いだろう」

捜査主任も頷《うなず》いた。些細な事だが、これだけでも多少は捜査の網を絞れる。

犯行動機については、翔君やその親族への怨恨の可能性も否定出来ないと前置きした上で、

「恐らく個人的な怨みによる犯行ではなく、変質者の仕業」

これは正式発表こそされなかったが、週刊誌やテレビなどのマスコミが代わって大々的に喧伝《けんでん》してくれた。

「つまり早く犯人をしょっ引かないと、第二の事件

が起こる可能性もある訳か」

一人の捜査官が小声で呟く。だが、それは全捜査官共通の危惧《きぐ》でもあった。

悪運の強い奴なのか、犯人の指紋や血痕などの物証は皆無《かいむ》に近い。ここ数日間雨に恵まれなかった所為《せい》か、現場となった市民公園の地面は乾いてセメントのように固まっている。足跡の検出も始めから望み薄だった。

「とにかく現場付近の聞き込み捜査に重点を置く。被害者宅と遺体の放置された市民公園の、半径五キロに亘って一軒一軒虱《しらみ》潰しに当たれ。それで成果が上がらないようなら、捜査範囲を更に五キロ拡大する」

捜査主任の檄《げき》を聞くまでもなく、捜査官達は白地図を片手に受持ち区域を隅から隅まで片っ端から訪ね歩いた。誰か不審人物・不審車両を見なかったか、或いは翔君が一人で、乃至《ないし》誰か見知らぬ大人と歩いているのを目撃しなかったか。

公園付近の聞き込みで、前夜公園近くで怪しい乗用車を見たという証言もあった。ただ残念ながら別に注意して見た訳でもなく、暗かったので車種その他を特定するまでには到っていない。

東雲が担当した被害者宅付近の聞き込みは、完全に暗礁《あんしょう》へ乗り上げた。自宅近所の別の市民公園で見かけたのを最後に、翔君の足取りは杳《よう》として摑めないのだ。

翔君が一人で歩いているのも、不審な大人に連れられて歩いているのも、目撃した人間は誰も居なかった。

「公園から車で連れ去られたんじゃないのか」

捜査主任は訝《いぶか》しげに東雲を見るが、

「それにしても、それらしい不審車両を見かけたという目撃情報すら無いんですよ」

上層部は、聞き込み捜査と並行して過去の類似した事件も徹底的に洗い直すよう指示したが、此方《こちら》も目立った成果は無い。そして捜査が行き詰まりを見せ、捜査官達に疲労と焦りの色が濃くなった八月二〇日、遂に第二の事件が起こった。

今度は管区内を流れる川の河川敷からだった。被害者は会社員・中村俊二《しゅんじ》の次男・拓也《たくや》君五歳。やはり前日から行方不明で、その安否が気遣われていた。

翔君の場合同様、後頭部を鈍器のような物で殴られた上、遺体は胸部から腹部にかけて切り裂かれている。引き摺り出された内臓は、遺体付近に散らばっていた。

恐らく土手の上から遺体と共に投げ捨てられたのだろう。東雲は、公園内の花壇へ置き去りにした前回よりも、手口が乱雑になっているような気がした。

「犯行が杜撰《ずさん》になれば、それだけ犯人も証拠を不用意に残し易くなりますね」

傍に居た刑事が小声で囁《ささや》くと、東雲は珍しく無愛想な口調で、

「その代わり、次の犯行までの間隔が短くなる可能性も示唆していますよ」

最初の犯行から第二の犯行まで二〇日間。だがこの次は一週間後に次の犠牲者が出るかも知れないのだ。

死亡推定時刻は前日の午後一時から二時。これも翔君事件とほぼ一緒だ。犯人がこの時間、自由に行動出来る人物と特定出来るのであれば——被害者には気の毒だが——捜査にとっては大きな進展となる。

「翔君事件の模倣《もほう》犯の線も完全には捨て切れないが、同一犯による犯行の可能性が高い」

捜査本部は慎重な言い回しで新聞に発表した。今回も物証が殆ど無い。目撃情報も曖昧《あいまい》で頼り無いものばかりだった。

「どこまでも運のいい奴だ」

捜査主任が腹立たしげに吐き出した。

だが事件は意外なところから一気に解決へと向か

い始めた。それは九月七日、午後一〇時に飛び込んだ一本の通報から始まったのである。

九月七日——南條邸

午後一〇時。

正面玄関の扉が開いた事を知らせる鈴の音が廊下に響く。

南條芙美《ふみ》は、残業で帰りの遅れていた夫＝南條路《みち》夫《お》が帰宅したのだろうと思い、出迎えようと一階奥の居間《リビング》から玄関へ向った。

お帰りなさい——慰撫《ねぎら》いの言葉が喉の奥で凍りつく。

そこには確かに路夫が立って居た。濃い灰色《グレイ》の背広上下と身躾無《だらしな》く弛めたネクタイが首からぶら下がる白いワイシャツ。顎から頬の髯が伸びて濃くなっているのは当然としても、充血したように血管が走る眼。そして痙攣《けいれん》したように震える唇は……。

視線が、唇と呼応しているかのように震動する肩から左腕、そしてその指先へと落ちる。

一瞬、芙美は怪訝《けげん》そうに眉根を寄せた。夫の震える五本の指が、何か赤黒い物を鷲掴《わしづか》みにしている。妙な生臭さを感じさせる粘液で濡れていて、今にも指先の間からドロリと蕩《とろ》け落ちそうなほど柔らかい何かを。

だがその視線が右手に移動した途端、芙美は心臓が鉛のように重くなるのを感じた。

夫の右手が握り締めている物。それは大きな包丁だった。しかもその鋭い刃には、生乾きの血糊がべっとりと血瘡《こび》り着《つ》いているのだ。

「貴方《あなた》、どうなさったの」

込み上げる恐怖と混乱を辛うじて抑え、何とか冷静を保ちながら問い質《ただ》す。

だが路夫はそれに答えようともせず、黙って玄関から上がり、その直ぐ脇にある階段から二階へ上がろうとした。本能的に芙美の手が、路夫の腕を掴む。

「ねえ、貴方。どうしたの？　何があったの？」

　心なしか声が裏返っていた。それでも路夫は無言のままその手を強引に振り払い、包丁を握り直すと二階へ上がり始めた。

「貴方!!　貴方!!　何をなさるつもりなの!?　何とか仰《おっしゃ》って!!」

　背後から何度も縋《すが》りつく芙美の声が、次第に荒くなっていく。階段を上り終えた路夫は、そのまま二階の廊下を直進した。正面突き当たりにあるのは娘の部屋だ。

　まさか娘の部屋に――芙美は夫の脇を強引に擦り抜け、娘の部屋の前に立ち塞遮《はだか》った。

「答えて下さい!!　一体、何を」――視線が路夫の血走った眼と、右手に握り締めた凶器を素早く往復する――「そんな物で何をなさるつもりなの!!」

　芙美の頭の中に、今朝出社の見送りをしたばかりの路夫の顔が浮かぶ。いつものように家族三人で朝食を済ませ、いつものように自分と娘に笑顔で「行って来るよ」と告げて出勤した夫。

　それがどうしてこんな事に。

「ママ、どうしたの？」

　背後の扉《ドア》の奥から、一〇歳になったばかりの娘の眠そうな声がした。騒ぎで目を覚ましたのだろう。

「扉《ドア》を開けちゃ駄目。鍵をしっかりと締めて、寝台《ベッド》の中に入っていなさい」

　必死で冷静を装う母親の声――躊躇《ためら》うような沈黙の後、彫込み円筒《シリンダー》錠が施錠される乾いた金属音が廊下に響いた。

　それを合図にしたかのごとく夫の左手が伸び、指先が行く手を遮《さえぎ》る芙美の髪を乱暴に掴んだ。そのまま廊下の空気を切り裂くような悲鳴と共に、芙美の体を容赦無く引き摺り倒す。

　路夫の指先が、今度は娘の部屋の扉を襲った。握り玉《ドア・ノブ》を握り締め、ガチャガチャと円筒を揺さぶる。だが室内用とは言え、頑丈な箱錠で守られた扉は、断固として侵入を許さなかった。

「どうしたんだい、鍵なんか錠《か》けて。パパだよ。ここを開けてくれ。ちょっとお前と話がしたいんだ」

引《ひ》き攣《つ》ったような作り笑いと、薄気味悪い猫撫で声が、一旦静まり返った廊下に狂気めいた彩りを添える。やはり路夫の狙いは娘だった。

それも包丁を握り締めて、一体何をする魂胆《つもり》だというのだ。

「開けちゃ駄目!! 絶対に開けちゃ駄目よ!!」

芙美はあらん限りの力を喉に集めて対抗した。

「怖がる事は無いよ。少しだけ、ほんの少しだけお前に聞きたい事があるだけなんだ。さあ、この鍵を開けなさい」

「駄目よ!! お願いだから鍵を開けないで!!」

路夫の常軌を逸した眼が、背後の芙美を睨みつけた。一瞬、こちらに襲いかかって来るかと思って身を竦《すく》めたが、直ぐに娘の部屋へ向き直り、

「さあ、鍵を開けなさい。開けるんだ。パパの言う事が聞けないのか。さっさとここを開けろ!!」

まるで仮面をかなぐり捨てたように扉をドンドン叩きながら声を張り上げた。打ち据えられる厚い掌に、頑丈な框《かまち》と鏡板が抵抗する。

路夫は狂ってしまったんだ——次第に意味も不明な事を喚《わめ》き散らし始めた夫の姿を見ながら、芙美は今にも眩暈《めまい》を起こしそうな頭の中で思った。

しかもその狂気の矛先は、実の娘に向けられているのだ。

(助けを呼ばなくちゃ)

崩れそうになる気力に母性の鞭を打ち、娘の命を扉に託して、夫に気づかれぬよう一旦その場を離れた。一階へ下り、廊下の隅にある電話で助けを呼ぶためだ。

ふらつく体を引き摺って廊下を抜け、階段を下り切った途端、何かに足元を滑らせて転倒した。妙に柔らかくて、ヌルヌルとした物だった。

こんな時に……。一体何だろう——焦燥に駆り立てられながら、自分の足を掬《すく》った物を見た途端、芙

美は全身の毛穴から冷気を噴き出すような恐怖に襲われた。

それは最前《さっき》まで夫が左手に握り締めていた、生臭そうな粘液の滴《したた》る赤黒い塊。生々しい血管が幾筋も浮かび上がる人間の——何故か芙美は、それが人間の物としか思えなかった——「肝臓」だったのだ。

（あの人、こんな物を持っていたんだ。でも何故？）

極度の錯乱状態の中で、妙に冷めた疑問が頭の中を過《よぎ》る。まるで畳み掛けるように襲い来る恐怖を全て他人事《ひとごと》にして、別の自分がそれを呑気《のんき》に眺めているかのように。

精神の許容限度を超えた混乱が続く中、体だけがまるで何かに操られるかのごとく電話へと吸い寄せられる。毟《むし》るように受話器を掴むと同時に、指先が一一〇を叩いた。

「助けて下さい。夫が……、夫が娘を」

係官も芙美の尋常でない様子を、受話器から素早く察知してくれた。

「落ち着いて下さい。ご主人がどうなされたのですか」

娘に迫る危機を訴えてから、係官の指示に従って住所や名前、事件の概要を丁寧《ていねい》に伝える。

（私、何でこんなに落ち着いて喋《しゃべ》ってるのかしら？今喋っているのは、本当に私なの？）

路夫の身に何が起こったのだろう。あの人は優しい人。週二回の〝ゴミ出しの日〟にだって、あの人、自分から進んでゴミを回収場所まで運んでくれるのに。

（厭だわ、私。こんな時に何を考えているのかしら）——芙美は吹き出しそうになった——（こんな時に〝ゴミ出しの日〟の事を思い出すなんて。もしかしたら、可変《おか》しくなってしまったのは夫じゃなくて私の方なのかも）

事情を呑み込んだ係官は、安全な場所へ避難するように告げてから電話を切った。受話器を置いた途端、再び二階で路夫が娘を怒鳴り散らし、扉を叩き続ける音が芙美の鼓膜を襲う。

もう何も考えられない。膝から崩れ、その場に尻《しり》餅《もち》をついた。

覚束無《おぼつかな》い視線が廊下を徘徊《はいかい》する。それが廊下の片隅で止まった。台座の上に、やや大きめの花瓶があったのだ。這うようにしてそこまで辿《たど》り着《つ》くと、台座を支えに何とか立ち上がった。

生けられた花束を中の水ごと乱暴に廊下へ投げ捨て、陶製の花瓶を抱えてから、ゆっくりと二階を目指す。路夫は相変わらず娘の部屋の前で、施錠された扉と格闘していた。

(♪咲いた、咲いた、チューリップの花が)

夫に気づかれぬよう接近しながら、何故か頭の中に、幼い頃歌った童謡が浮かんだ。

(♪並んだ、並んだ、赤、白、黄色)

路夫の後頭部が次第に大きくなっていく。

(♪どの花見ても、綺麗だな)

芙美は振り翳《かざ》した花瓶をその後頭部目掛け、叩きつけるように振り下ろした。だが寸前のところで目標を誤り、花瓶は路夫の背中に当たって壊れた。

衝撃で一旦は床に片膝を突いたものの、直ぐに起き上がり、怒りと憎悪を剝《む》き出しにした眼で芙美を睨む。

(殺される)

しかし、今にも襲いかかると思っていた路夫は、相変わらず唇を痙攣《けいれん》させたまま、黙って彼女を見据え続けるだけだった。

それからどれ位時間が経っただろう、突然床に金属が衝突する甲高い音がした。夫の指先から包丁が滑り落ちたのだ。いつの間にかその眼から怒りと憎悪の焰が消え、下目蓋《まぶた》からは涙さえ溢《あふ》れさせている。

喧《けたた》ましいサイレンの音が、屋敷の直ぐ外に迫っていた。既に数人の警官と思しき男達の声が、玄関先から聞こえてくる。

路夫は時折何か言いたそうに唇を動かすが、まるで金魚のように口をパクパクさせるだけで、決して声にしようとしなかった。

警官が数人、邸内に突入して来た。途端に、

「何だ、こりゃ」

仰天したような怒号がいくつも重なる。

(きっとあれを見たんだわ。あの赤黒くて、ヌルヌルした物を)

警官達が階段を駆け上ってくる音が頭の中に響く。張り詰めた緊張が爪先から一気に抜け落ちるような気がした。

(私、このまま溶けてしまうんじゃないかしら)

全身の力が霧散し、次第に意識が遠退《とおの》いて行く。

九月七日——九月一三日

その日、管内では三人目となる幼児の行方不明者が届けられた。コンビニ店主・竹橋《たけばし》誠の長女=竹橋由加《ゆか》ちゃん当時四歳が、夕方になっても戻らないと言うのだ。

「これだけ騒がれているのに、どうして子供から目を離す親がいるんだよ」

「よくいるだろう、世間で何が起ろうとも自分だけは大丈夫、って信じ込んでるお目出度《めでた》い連中。その類《たぐい》さ」

知った風な憎まれ口を叩く若造刑事二人組の横っ面を、東雲は思いっきり殴ってやりたかった。

既に二人の犠牲者が出ている。捜査本部は事態を重く見て、直ちに公開捜査に踏み切り、テレビの報道番組等を通じて情報提供を呼びかけた。

その夜一一時頃、当直で捜査本部に残っていた東雲の元に、捜査主任が興奮した面持ちで現れた。

「真犯人《ホンボシ》にブチ当たったかも知れないぞ」

「どういう事ですか?」

突然の急展開に、危うく椅子から転げ落ちそうになった。たった今連絡が入り、一件の通報から有力容疑者が見つかったと言うのだ。

問題の通報は、管内に住む会社役員・南條路夫宅からだった。通報者は妻・芙美。夫の路夫が突然刃物を持ち出して暴れだし、娘に襲いかかろうとしているというのだ。

警察官数人が現場へ急行し、路夫は傷害及び傷害未遂の現行犯としてその場で逮捕。幸い妻の芙美は軽い打撲傷、娘は部屋の鍵を内側から錠けていたために無事だった。

だが事件はそれで終わらなかった。現場＝南條邸の玄関に転がっていた〝ある物〟が警官達を震撼《しんかん》させたからだ。それは子供のものと思しき〝肝臓〟だったのである。

「〝肝臓〟ですって⁉」

仰天する東雲に、捜査主任は緊張した声で命じた。

「既に鑑識課が南條邸へ向っている筈だ。お前も直ぐに現場へ急行しろ」

南條邸は東雲の所属する署の管区内でも、特に立派な邸宅が並んでいる事で知られている。

東雲は、現場に到着するまでの間、容疑者の資料に目を通していた。

南條路夫、三八歳。南條物産の役員。学界の重鎮でもある大学教授の一人息子で、南條物産の実質的持ち主《オーナー》・南條家の息女＝芙美の婿養子である。

妻と娘の三人家族で、犯罪歴も青少年時代の補導歴も無い。申し分の無い経歴だ。本当にこんな男があの残忍な連続幼児殺害事件の真犯人なのだろうか。

東雲が首を捻《ひね》っている間に、車は目的地に到着した。想像した通りの立派な建物だった。二階建てなのだが、高い塀に周囲を囲まれ、一階は外からの視界から完全に遮《さえぎ》られている。

石積みの門柱に挟まれた鋳物製の門扉《もんぴ》の横に、警察車両とは別の、灰色のベンツが無造作に置かれていた。南條の乗りつけた車だろうか。

既に近所の住民が多数集まり、制服警官が規制していた。

車を降りると白い手袋を装着しながら足早に門扉を抜け、切石と貼石が綺麗に敷き詰められた延段《のべだん》に従って玄関を目指す。正面に屋根付玄関《ポーチ》の小さな三角破風と、それを支える二本の細い円柱があった。

扉《ドア》を開け、邸内に入ると先に到着した鑑識課が忙《せわ》しなく動き回っていた。二階へ上がる階段の傍《かたわ》らに、白いチョークで標《しる》しが書いてある。そこに問題の〝肝臓〟が落ちていたのだろう。

「ご苦労様です」——軽く挨拶を交わしてから——

「何か見つかりましたか」

鑑識課員は首を横に振りながら、

「屋敷内には、例の事件と結びつきそうな物は見当たりませんねえ」

東雲が溜息を吐くと、

「でも、まだ地下室があるそうです。屋敷の裏手に入り口があるとかで。これから調べに行くところですが、ご一緒されますか」

「お願いします」

頭を下げたところで、二階から一人の女性が下りて来た。

白い麻の袖無し《ノースリーブ》と同じ地のゆったりとしたスラックス——落ち着いた身装《いでたち》とは裏腹に、髪は寝腐《ねくた》れたように乱れ、紊《ほつ》れて頬や唇に搦《から》みついている。

「第一通報者の南條芙美さんです」

鑑識課員に紹介され、東雲は深く頭を下げた。彼女が容疑者の妻か。

三四歳と聞いているが、普段はきっと美しい若奥様《マダム》なのだろう。だが今は、目の下にまるで徹夜明けのような隈《くま》が浮かび、目尻の皺《しわ》もその溝を深くしている。

「お疲れでしょうが、もう暫くご協力をお願い致します」

芙美はその意味を理解したらしく、軽く会釈《えしやく》してから捜査官を先導するように庭へ出た。

「お嬢さんは大丈夫ですか」

気遣うように東雲が声をかけるが、

「婦人警官の方に付いて頂いておりますから」

抑揚の無い声でそう答えるだけだった。

延段を建物に沿って迂回し、裏庭へ出る。終夜灯の明かりが、問題の地下室への入り口を照らしていた。分厚そうな木製の扉である。

芙美はスラックスのポケットから鍵を取り出すと、鍵穴に刺し込んで重そうに捻った。

「電燈の開閉器《スイッチ》は、直ぐ左側にありますので」

そう言って扉の脇へ寄ると、代わって東雲が真鍮の握り玉《ドア・ノブ》に手を伸ばした。地下室の中は真っ暗だった。

同行した他の捜査官達に目で合図を送ってから開閉器を弾き上げる。地下室中央にぶら下がる裸電球の橙色の明かりが、一二畳ほどの室内を照らし、その惨劇の痕を東雲等の眼前に晒した。


南條路夫の容疑は〝殺人及び死体遺棄、死体損壊〟に切り替えられた。東雲等が地下室で、行方不明となっていた由加ちゃんの惨殺死体を発見したからである。

今回の死亡推定時刻は、発見当日の午後三時から四時。

死因は前の二人同様、鈍器による後頭部への殴打。そして遺体の損壊状況も同じ。胸部から腹部を切開され、そして内臓を……。

厳しい取り調べが行われたが、南條は何も答えようとはせず、完全黙秘を貫いていた。

だが状況証拠は揃っている。翌日から物証を捜し、容疑を固める作業が捜査官達に命じられた。

勤務先である南條物産へ事情聴取に行ったのは東雲だった。

「社員達の証言によると、南條は午後三時を少し回った頃に一旦自宅へ戻っています」——夕方の捜査会議で東雲が報告した——「会社の連中には『大切な書類を忘れてきたから取りに行って来る』と言っていたそうですが」

それから暫くして自宅へ顔を出した事は、妻の芙美も認めている。そしてその時間こそ、正に犯行時刻の午後三時から四時にぴたりと当て嵌《は》まったのだ。

九月七日に南條が振り回していた包丁から、三種類の指紋が検出された。いずれも家族のものだった。

だが妻・芙美の指紋が検出されるのは当然だし、娘もよく手伝いをしていたから、これも不自然ではない。しかし夫・路夫は殆《ほとん》ど台所に立った事がなかった。

これは有力な物証となる。

一方、市民公園で不審な乗用車を見た目撃者に南條のベンツを見せたところ、これについては曖昧な証言しか得られなかった。

裁判で有罪にするためには、まだ証拠が足りない。南條から自白を引き出すため尋問は激しさを増したが、当の被疑者は半《なか》ば虚ろな目をしたまま黙秘を続けるだけだった。

そして九月一三日。事件は予想外の形で幕を下ろした。

それは午後の取り調べ前の出来事である。当時東雲は、解決したばかりの別の傷害事件の報告書を作成している最中だった。

そろそろ昼食を取り、残りの仕事は午後からにでも——そう考え始めた時、署内が妙に騒がしい事に気がついた。廊下を何人もの署員達が駆け回る音が、部屋の中にまで響く。

「何かあったのか」

廊下に出て署員の一人に問い質すと、

「大変です。南條が殺害されました」

一瞬、頭の中が真っ白になった。

何が起こったのか理解出来ず、呆然とする東雲の元に捜査主任が現れた。

「東雲。お前、直ぐに南條邸へ行ってくれ。南條芙美を任意で引っ張って来るんだ。場合によっては緊急逮捕しても構わんぞ」

「南條芙美を？」

「たった今、南條路夫が毒殺された。上《カミ》さんの差し入れた弁当を喰った途端、喉を掻《か》き毟《むし》りながら倒れたんだ。手当をしている暇もなかった。殆ど即死だよ」

捜査主任が忌々《いまいま》しげに吐き出す。

後の検死によって、砒素《ひそ》による中毒死である事が判明した。毒物は、当日芙美が差し入れた弁当に混入されていたものだった。

（あの奥さんが、自分の夫を殺害した？）

緊急出動したパトカーが鳴らす騒々しいサイレンの音も、東雲の耳には届かなかった。妻が夫を毒殺。状況はあまりにも明白だ。それでも信じ難《がた》い気がした。

容疑が確定し、裁判で有罪となれば、夫の路夫は間違い無く死刑だ。それを何故殺害する必要がある。しかも自分まで逮捕されたら、残された娘はどうする心算《つもり》なのだ。

（まさか夫を殺害し、その後で娘と一緒に）

最悪の筋書き《シナリオ》が頭を過《よぎ》る。

南條邸の門扉が見えるなり、パトカーが停止する時間さえも悶《もど》焦かしくなった。扉《ドア》を開け、車から飛び出すと石柱に挟まれた鋳物製の柵を両手で押し退《の》け、玄関へ駆け寄る。

呼び鈴《チャイム》を急かすように鳴らすが、邸内からは何の反応も無い。

後から続く捜査官達に目線で合図を送ってから扉を開け、屋内へ踏み込んだ。令状が無いのだから一歩間違えれば職権乱用だ。だが東雲は躊躇《ためら》わなかった。

捜査官数人に二階を調べるように指図し、自分は玄関から奥へと続く廊下の先＝居間《リビング》へ駆け込んだ。

まだ何も起こっていない事、特に娘の無事を祈りながら。

居間は立派な屋敷の構えと比べても見劣りしない、広い洋間だった。深々とした絨毯《じゅうたん》と、壁には複雑な模様の彫られた骨董的《アンティーク》な家具や食器棚が並んでいる。

東雲の視線は、飲みかけの湯飲みが転がる中央の洋卓《テーブル》付近で止まった。その直ぐ脇の絨毯の上に、芙美が倒れていたからだ。そして彼女の傍らに両膝を突き、その体に泣きながら縋《すが》りつく少女が居る。

「ママ、ママ。どうしちゃったの？　起きてよ、ママ」

娘の声が、東雲の耳には堪え難いほど痛かった。

芙美の死因も砒素だった。洋卓に転がっていた湯飲みからも砒素が検出されている。

「遺体の傍《そば》で泣いていた娘さんの話によると、今日は気分が悪くなったので午前中に学校を早退したそうです。帰宅して居間を覗いたところ、倒れている母親を発見したという話でした」

署に戻った東雲は、捜査主任に報告した。

砒素の入手先については、事件の一ヵ月前に南條路夫が鼠取り用として購入していた事実《こと》が、その後の捜査で判明している。捜査本部は、夫の逮捕で心身共に疲労していた芙美が、夫を殺害すると共に自らも自殺したという結論を下した。

（後味の悪い幕引きだ）

東雲はそう思った。

何よりも胸を痛めたのは、僅《わず》か一週間ほどで両親を失った娘の境遇《こと》だ。しかも父親は連続幼児殺害事件の犯人、母親はその父親を毒殺し、自らも命を絶ったのである。

二度と目を覚ます事の無い母親に縋《すが》りつき、泣き叫んでいた姿を東雲は忘れる事が出来なかった。

その後気になってそれとなく調べたところ、彼女は父親方の祖父＝弓削《ゆげ》道蔵《みちぞう》X大学教授に引き取られ、九州へ行ったらしい。

それが芙路魅《ふじみ》。

その子が当時一〇歳の芙路魅だった。

Fujimi——一九八六年七月一六日

キョウコ、キョウコ……

(誰かが自分を呼んでいる)

夢と現実の狭間《はざま》で、三田《みた》京子《きようこ》はそんな事を考えていた。体が揺れているのは、その誰かが自分を揺さぶっているからだろうか。

「京子。しっかりしてよ」

最初に見えたのは、純白に濃紺の襟のついたセーラー服。そして次第に鮮明となる意識が、目の前にある顔を認識し始めていた。特徴のある髪留めと前髪を数本垂らした額。高校三年の同級生、一之江《いちのえ》珠実《たまみ》の顔だった。

「珠実?」

半《なか》ば消え入りそうな声で呟《つぶや》きながら、助けられるように上半身を起こす。朦朧《もうろう》とする頭を軽く振ると、背中まで届く長い黒髪が揺れた。どうやら床に仰向《あおむ》けで倒れていたらしい。

「大丈夫か、京子」

視線が声に引き寄せられる。少し離れた場所に、黒い詰襟《つめえり》の学生服を着た二人の男子が立って居た。

痩《や》せた体で、耳がすっぽり隠れる長髪に、鎖付きの洒落た銀縁眼鏡を掛けているのが春日久雄《かすがひさお》。大柄で、茶髪《ちゃパツ》を綺麗《きれい》に波打《ウェーブ》させている面皰《にきび》顔が入谷邦彦《いりやくにひこ》。京子達とは組《クラス》は違うものの、同学年の遊び仲間だった。

二人共、不安と困惑の入り混じったような、複雑な表情で京子を見詰めている。

(ここはどこだろう)

見慣れた顔に落ち着きを取り戻した京子は、周囲を見回しながら、自分の身に起った出来事を思い出そうとした。

跳び箱や大きな籠《かご》に入った種々の球具類等など。どうやら旧体育館の倉庫らしい。主要部分が木造なため、再三防火上の問題点が指摘され、今度の夏休み中に取り壊される予定と聞いている。

その準備は既に始められ、今は授業でもクラブ活動でもこの体育館は使用されていない。

ふと自分の倒れていた直ぐ傍《かたわ》らに目を落とすと、そこに中身の四分の一ほど残った牛乳瓶が転がっているのに気がついた。指先で唇を撫でると微《かす》かに濡れている。

(私が飲んだのかしら)

だが、そんな憶えは無い。

「一体何があったんだ?」

久雄が歩み寄り、京子が立ち上がるのを助けながら言った。

そうだ。自分は何故こんな場所《ところ》へ来たのだろう……。

あれは確か——ようやく頭の中の靄《もや》が晴れ、隠れていた記憶が甦《よみがえ》った——午後の授業が終わった放課後の事だ。いつの間にか机の奥に一枚のメモが置かれていたのだ。

〈三時半に旧体育館の倉庫へ来て。珠実〉

旧体育館の倉庫という待ち合わせ場所に、多少の違和感は持った。しかし、多分他人に聞かれたくない話なのだろうと、あまり疑問も抱かずに倉庫《ここ》へ顔を出したのだ。

ほぼ約束の時間通りに到着した倉庫には人の気配が無い。

「珠実、いるの?」

抑えた声で呼びかけるが返事は無かった。

旧体育館の倉庫は、校舎全体を囲む高い塀に面している。そのため小さな窓から差し込む日の光は頼り無い。おまけに防犯対策のつもりなのか、曇硝子《くもりガラス》の先には頑丈な鉄格子が嵌《は》められている。

(珠実はまだ来ていないのかしら)

薄暗い倉庫内で室内電源を探している時、突然背後から何者かに襲われた。声を出す余裕もなく、ハンカチかガーゼのような物で口と鼻を塞《ふさ》がれたのである。そのまま意識は遠退《とおの》き、気がついたら倉庫の床に横たわっていたのだ。

「その口と鼻を塞いだハンカチだかガーゼだかに、クロロフォルムかエーテルみたいな麻酔薬が染み込ませてあったのかも知れないな」

京子の話を聞き終えた久雄が独り言のように呟いた。三人の視線は自然と珠実に集まる。

「私、そんな書置きみたいな物を京子に渡した覚え無いわ」――珠実は断固とした口調で否定した――「京子。それ今も持ってる?」

虚を衝かれたように肩を竦《すく》めた京子は、妙な間を措《お》いてから、

「いえ、もう持ってないわ。途中で捨てちゃったから」

視線を逸《そ》らすように答えた。

実際にはまだメモは持っていた。だが、それを目の前に居る久雄に見られたくなかったのだ。何故な

らその全文が、〈久雄の事で話があるの。三時半に旧体育館の倉庫へ来て。珠実〉だったからだ。

久雄と京子は彼氏彼女《こいびとどうし》と呼べる仲だ。だが最近どうも彼氏の様子が可怪《おか》しい。何かと理由をつけて自分を避けようとしている。新しい彼女が出来たのではないか。そんな相談を親友の珠実にしたばかりだったのだ。

自分がそんな疑惑を抱いている事は、本人に知られたくなかったのである。

「珠実は何故ここへ来たの」

「私？」――珠実が吃驚《びっくり》したように眉を上げた――「私も机の中にメモがあったの。京子からの呼び出しだったわ。話があるから旧体育館の倉庫へ来てくれって。でも時間は四時だったわ。読み終えると直ぐにゴミ箱へ放り込んじゃったから、もう手許には残っていないけど」

そして最初に倒れている京子を発見したのも彼女だった。残る二人も数分と隔てず、倉庫に現れている。再び京子に視線が集まるが、身に覚えの無い彼女はただ首を横に振るしかなかった。

「俺も京子からだったよ」

今度は邦彦の番だった。

「やっぱり机の中にメモが入っていたんだ。珠実と同じで四時にここへ来てくれって書いてあったよ。それも京子の名を騙《かた》った偽物だったって事か」

「邦彦!!　あんた京子と二人きりで何をする魂胆《つもり》だったのよ!!」

途端に珠実が嚙みついた。

邦彦と珠実も男女の関係《なか》だった。それなのに邦彦は京子を騙る呼び出しを見て、こんな人気の無い倉庫《ばしょ》へ呑処々々《のこのこ》顔を出したのである。一体、何の目的で――

「お前と一緒に待っているから、って書いてあったんだよ。変な誤解するな」

「じゃあ、そのメモを見せて」

「捨てちまったよ」

学生服の袖を鷲摑みにする珠実の手を振り払いながら、鬱陶《うっとう》しそうに吐き捨てる。珠実は尚も怒りを露《あら》わに睨み据えるが、それ以上非難めいた言葉を飛ばすのは抑えた。

然《さ》り気無《げな》く流したが、邦彦は自分の迂闊《うかつ》さに頭の中で舌打ちしていた。

メモには〈珠実と一緒に待っている〉などとは一言も書かれていない。それどころか書いていないからこそ、此処《ここ》に顔を出したのだ。京子と二人だけで会えると思っていたから。

邦彦は以前から京子に目をつけていた。

運動部に属し、精力的《エネルギッシュ》で肉感的な珠実と別れる気は無い。だが流れるような長い黒髪の京子が持つ知的な雰囲気は、勝気な珠実には無いものだ。そこに惹《ひ》かれたのかも知れない。

いや、より正確には、その知的な顔と細身な体に不釣合《アンバランス》いな胸丘《バスト》に惹かれたと言うべきか。

「それより久雄は？　お前は誰に呼び出されたんだ」

邦彦が逃げるように声を上げる。珠実はまだ不満そうだが、それでも三人の注目は久雄へ流れた。

「俺？」

久雄は皆の目を避けるように、視線を忙《せわ》しなく四方八方《あっちこっち》に散らした。

「俺も机の中に京子からのメモが入っていたんだよ。四時にここへ来てくれ、って」

「怪しいとは思わなかったの」

唇をぐっと噛み締めた京子が、露骨なほど不信感の籠《こも》った目で見詰めた。

自分と久雄の関係からして、わざわざこんな倉庫《ところ》へ呼び出すなんて腑に落ちない。同じ高校の同じ学年、おまけに仲間内では誰でも知っている二人の仲だ。用があるのなら人目など憚《はばか》らずに堂々会いに来れば済む事ではないか。

それなのに、何故久雄は何の疑問も抱かずに此処へ現れたのだ。

この京子の疑惑は正鵠《せいこく》を射《い》ていた。久雄の机の中に入っていたメモは、「京子」ではなく「珠実」の名を騙っていたのだから。久雄の浮気相手は珠実だった。

久雄が倉庫への呼び出しに何の疑問も持たなかったのも当然だろう。抑々《そもそも》普段から二人は人目を避けて「不倫ごっこ」を楽しんでいたのだから。

だが、そんな事を正直に白状出来る筈がない。自分と珠実との関係を、京子に曝《ば》らすようなものだ。いや京子以上に、邦彦がそれを知ったらどれほど怒り狂う事か。

「ねえ、本当に私からの呼び出しだったの」

「止《よ》しましょうよ。こんな場所でそんな話をするのは」

珠実が強引に割って入った。

京子の追及に内心冷や汗をかいていたのは珠実も同様だった。実は彼女にも内緒にしていた一文がある。〈久雄の事でははっきりさせたい事があるの〉、メモにはそう記載されていたのだ。

京子は自分と久雄の関係に勘づいている。珠実はそう思った。だからこそ彼女もまた、こんな旧体育館の倉庫へ呼び出された事を不自然に思わなかったのである。

実際、珠実は倒れている京子を見つけるまで、どうやって彼女を誤魔化《ごまか》すかで頭を悩ませていたぐらいだ。今更その話を蒸し返されたくない。

「なあ。結局俺達、誰に呼び出されたんだ？」

邦彦の疑問が険悪な雰囲気に冷水を浴びせ、倉庫内に名状し難《がた》い沈黙を産み出した。

そうだ。それこそ根本的な問題だった。

何者かが「京子」或いは「珠実」の名を騙って四人を倉庫へ呼び出した。それも全員の秘密を巧みに衝き、各々が顔を出さずにはいられないような巧妙な文章で。

でも一体誰が、何故、何の目的で？

誰も口には出さない——出せないが、皆同じ不安と疑心暗鬼に虜《と》り憑《つ》かれている。

「とにかく倉庫《ここ》から出ようぜ」

久雄が不貞腐《ふてくさ》れたように言い捨て、出口へ向う。邦彦も軽く肩を竦《すく》めてからそれに続いた。京子と珠実も不安げに互いの腕を搦《から》ませ、肩を寄せ合いながら二人の後を追う。

先頭に立つ形になった久雄が真鍮の握り玉《ドア・ノブ》に指を絡《から》め、横に捻《ひね》ると……

「あれ？」

眉間を歪めながら首を傾《かし》げた。

「どうしたの」

珠実が京子から離れ、扉《ドア》と久雄の顔を交互に覗きこむ。直ぐに残る二人も扉の前に集まった。

「扉《ドア》が開かないんだ」

「扉が開かないって——」

邦彦が代わって円筒《シリンダー》を摑み、扉を開こうとするが、ガチャガチャと耳障《みみざわ》りな金属音が響くばかりで一向に開く気配がなかった。明らかに施錠されている。

「俺が来た時は、鍵なんて錠《か》かっていなかったぞ」

「誰かが外から締めたのかしら」

改めてその扉を見た途端、四人は愕然《がくぜん》とした。それは旧式の棒鍵錠で、一旦施錠されると内側から開ける場合にも鍵が必要だったのだ。

「畜生、どこの間抜けがこんな鈍痴《こと》を」

「不注意にもほどがあるわよね」

「おい。誰か居るんなら、さっさと開けろ‼」

四人は扉を盛んに叩いたり蹴っ飛ばしたりしながら、悪罵を投げ続けた。しかし分厚い一枚板の扉には罅《ひび》一つ入らない。体格に自信のある邦彦が肩口から体当たりを噛ますが、あっさりと弾き返されただけだった。

「ねえ、窓から出られないかしら」

「駄目よ。鉄格子が嵌まっていて、とても抜け出せないわ」

ここに到ってようやく四人は事態の深刻さを悟っ

た。完全に閉じ込められてしまったのだ。それも間も無く取り壊されるため、誰も来る筈のない旧体育館の倉庫に。

扉に罵声を投げつける気力も失せ、倉庫内が重苦しい沈黙に沈んだ時、

「私、こんな話聞いた事ある」

京子が脅えたような声で、囁《ささや》くように話し始めた。

「近くの高校で本当にあった話らしいの。一学期の終業式が終わった後、バスケット部の部員の一人が後片付けを厭《いや》がって、体育館の倉庫の奥に隠れたんですって」

何を言い始めたのかと、三人は京子の方へ振り返った。

「ところがその子、隠れている内に目蓋《まぶた》が重くなって、そのまま眠っちゃったの。そうしたら、一学期最後の点検に回っていた守衛さん、その子が隠れているのに気がつかず、外から倉庫の鍵を締めちゃったんだって」

「おい。止《よ》せよ、こんな時に」

久雄は小声で釘を刺すが、動き出した京子の舌は止まらなかった。

「倉庫はそのまま夏休み中、鍵が締まったままだった。そして二学期が始まって、生徒の一人が倉庫を開けるとね」

「止せと言ってるだろう」

自然と久雄の声も荒くなるが、

「その中には干乾《ひから》びた死体が一つ、分厚い扉に爪を立てたまま倒れていたそうよ。その扉の内側に、助けを求めながら引《ひ》っ掻《か》いた爪跡をたくさん残して」

「やめてよ!!」

珠実が悲鳴にも似た甲高い声を張り上げ、両手で耳を塞ぎながら髪を激しく左右に揺さぶった。久雄も何か言おうとしたが、言葉が喉の奥で詰まる。

「何か道具を捜せ。鍵を抉《こ》じ開《あ》けるんだ」

突然、邦彦が乱雑に置かれているマットや束にな

っている縄跳びの縄を引《ひ》っ繰《く》り返し始めると、

「無理よ。古くなった体育の道具ばかりで役に立たないわ」

珠実が涙混じりにそう呟いて、耳に手を添えたまま崩れるように両膝を床へ落とした。

「捜しもしないで適当な事言うな!!」

「怒鳴らないでよ!!」

「落ち着け!!」

久雄が二人の間へ強引に割って入る。それから語気を落とし、

「確かに今は期末だけど、一学期の最終日って訳じゃないだろう。待っていれば、守衛か防犯担当の教員が見回りに来るさ。このまま閉じ込められっ放しになんかなる訳ないだろう」

お前達、少し大袈裟《オーバー》なんだよ——そう言い添えようとした時、鼓膜を掠《かす》った音に言葉を呑み込んだ。

扉の向こうから何か聞こえたような気がしたのだ。

それは久雄だけの錯覚ではなかったらしい。他の三人も互いに目を合わせ、それから聴覚を扉の外に集中させている。

「…………」

注意していなければ聞き逃しそうな声だが、間違い無い。外に人が居るのだ。

「おい、誰か居るのか。居たら返事をしてくれ」

邦彦が他の三人を押し退けるように扉へ縋《すが》りつき、分厚い板を叩きながら叫んだ。

「私達、ここに閉じ込められてしまったの。お願いだから助けを呼んで」

珠実も懇願するような口調で声を上げる。奇妙な事に外に居る人物は、相変わらず小さな声で何かを囁《ささや》き続けるだけだった。

「…………」

「おい、何とか言えよ。俺達は——」

苛《いら》ついた声で邦彦がそこまで言った時、その先を押し留めるように久雄が肩を押えた。何事かと振り向くと、久雄は唇に人差し指を当て、小声で、

「様子が可変《おか》しいぞ」

邦彦は眉を顰《ひそ》めながら、再び神経を外の囁き声に集中した。その瞬間、冷水を垂らされたような恐怖が背筋を走る。

それは囁き声などではない。笑い声だ。いや、吹き出しそうになるのを必死で堪《こら》えているような、不気味な忍び笑いだった。しかも僅《わず》かながら声が大きくなっていく気がした。

邦彦を襲った恐怖が忽《たちま》ち残りの三人にも伝染する。最早それは疑いもなく笑い声だった。それも鈴を転がすような女の笑い声。

「誰だ、お前は」

恐々《おそるおそる》声を投げたのは久雄だった。

「誰でもいいわ。ねえ、ここを開けて頂戴。お願い」

横から口を挿《はさ》む珠実を視線で叱りつけてから、

「お前が俺達をここへ呼び出したのか」

相変わらず可笑《おか》しそうに笑い続ける女。それがそのまま久雄への返事だった。

「お前、誰だ!!」

「何が目的なの!?」

「さっさとここを開けろ!!」

耐え切れずに騒ぎ出す邦彦や珠実を制し、久雄は努めて冷静な口調で話を続けた。

「いいか、よく聞けよ。お前がどこの誰かは知らないが、趣味の悪い冗談ならもうお終いだ。今直ぐこの鍵を外《はず》せ。俺達をここから出すんだ。それなら今回の事はちょっとばかり度を超した悪戯《いたずら》と思って忘れてやる。だけどなあ、もし開けなかったら」

「開けなかったら、どうなっちゃうの」

扉の向こうの声が答えた。始めて聞く相手の声に、四人は互いの顔を見合わせる。

自分達と同年代ぐらいの少女の声だ。するとこの学校の女子生徒だろうか。いずれにしろ少々甘ったれたような、頼り無い声だ。案外与《くみ》し易い相手かも知れない。

「おい、よく考えろよ。仮令《たとえ》お前が今ここを開けなくても、いずれ俺達が行方不明になった事が分かれば騒ぎになる。そうすればこの倉庫だって調べに来るに決まっているだろう」

久雄は込み上げる怒りと焦燥感を抑え、噛んで含めるように言った。こんな奴、一寸《ちょっと》脅しをかければ直ぐに言う事を聞くさ。そう高《たか》を括《くく》った面もある。

「そうなったらもう悪戯じゃ済まない。立派な犯罪だ。お前は犯罪者だ。下手すりゃ少年院送りだぞ。前科者の商札《レッテル》が一生ついて回る事になるんだ。そうなりたくなかったら」

「そうならなかったら?」

扉の向う側の少女が拗《す》ねたような、それでいて明らかに揶揄《からか》うような意図を含んだ声で話を遮った。

予想外の反応に、一瞬言葉が詰まる。

慌てて頭の中を引っ掻き回し、次の台詞《せりふ》を捜していると、

「ねえ、壁の方を見て」

京子の脅えた声に久雄が振り返る。そしてその震える指先の延長線に視線が届いた瞬間、己の目を疑った。扉の反対側の壁の隙間から、濃い灰色の煙が流れ込んでいたのだ。

「体育館が……燃えてるんだわ」

目蓋を一杯に見開いた珠実が、呆然自失の体《てい》で呟く。

「お前、体育館に火をつけたのか!!」

血相を変えた邦彦が、再び扉に体当たりしながら吼《ほ》えた。

「どうして!! どうして私達をこんな目に遭わせるのよ!!」

珠実も扉を叩きながら、前後を忘れて泣き叫ぶと、

「私達があなたに何かしたの。怨みを買うような事でもしたの。もしそうなら謝るわ。それに今日の事は誰にも言わない。誓うわ。だからここから出して頂戴」

京子も必死で少女に訴え続けた。だが少女はまた吹き出しながら、

「私、あなた達に怨みなんか無いわ。だって校舎で何度か擦れ違った事があるぐらいで、お話をした経験《こと》さえないもの」

「じゃあ、どうして」

「助けたいけど、助けられないのよ」

少しずつ煙が倉庫内に充満し始める中、少女の奇妙な台詞《せりふ》が束の間の沈黙を創り出した。助けたいけど助けられない、って？

「助けたいんなら、今直ぐここを開けろ!!　この鍵を外してくれ!!」

久雄が一縷《いちる》の望みをかけて怒鳴った。

「助けたいけど鍵が無いの。私、倉庫の鍵を持っていないのよ」

少女は困ったような声で答えた。

「鍵を持ってないって、どういう意味《こと》だ。鍵はどこにあるんだ」


「倉庫の中にあるわ」

倉庫の中だって？　久雄は手で皆に捜すよう合図を送った。三人は球具の入った籠を引っ繰り返したり、マットを一枚一枚捲《めく》って中を調べ始めたりした。

「どこにあるんだ。倉庫のどこに鍵を隠したんだ」

「隠してなんかいないわ。目の前にあるじゃない」

少女はまた可笑しそうに笑い出した。全員が動きを止め、周囲を見回す。だがその間にも煙は、室内の空気を圧倒し続けているのだ。

「おい、謎々《クイズ》やってる余裕は無いんだ。はっきりと教えてくれ。鍵はどこにあるんだ」

「京子さんのお腹の中」

「何だって？」

久雄は片頬を歪めた。何かの聞き間違いかと思ったのだ。

「聞こえなかったの。京子さんのお腹の中にあるのよ、倉庫の鍵は」

「あいつ、何を言ってるの」

珠実が小声で周囲に呟く。

「分からないの。京子さん、倉庫に入った途端《とたん》に麻酔薬で眠らされたでしょう。その時京子さんのお腹の中へ、牛乳と一緒に鍵を流し込んだのよ。ほら、床に牛乳瓶が転がっているでしょう」

京子は全身から血の気が引いて行くのが分かった。だから自分だけ三〇分早く此処へ呼び出したのか。そんな仕掛けを施すために。いつの間にか、久雄、邦彦、珠実——六つの目線が京子に焦点を合わせていた。

「ご免なさい。もう少しお話したいんだけど、そろそろ私もここから離れないと。煙が私のところへも回って来ちゃったから」

言い終わる前に、久雄が扉に顔を押しつけた。

「おい、ちょっと待て。鍵が無いのなら助けを呼んでくれ」

「ねえ、まだそこに居るの。悪い冗談はやめて、早く誰かを呼んでここから出して。こっちも煙が流れ込んできて」

珠実がそこまで言った時、突然京子が悲鳴を上げた。久雄と珠実が振り向くと、そこに目を丸くするような場面が繰り広げられていた。邦彦が京子を羽交《はが》い締めにしていたのだ。

「何するの、邦彦。放してよ」

慌てた久雄が駆け寄る前に、珠実が先に二人へ飛びついた。だが京子を助けるためではない。邦彦と一緒に京子を押えつけるためだ。

「珠実、あなたまで何をするの」

「吐き出すのよ」

激しく抵抗する京子に、珠実は冷たく言い放った。

「分からないの。お腹の中の鍵を吐き出すのよ。それしか助かる方法は無いわ」

「莫迦《ばか》な事言わないで。私、お腹の中に鍵なんか入ってないわ。騙されているのよ、あいつに」

だが珠実と邦彦は、抵抗する京子から容赦無く両手の自由を奪う。更に珠実は片手で京子の右腕を押え、もう片方の手で鼻を摘んで強引に口を抉《こ》じ開《あ》けた。

「邦彦。京子の口の中に指を入れて。喉の奥の方までよ」

言われるままに、邦彦は人差し指を京子の口に突っ込もうとする。京子は顔を左右に振って抵抗しながら、目線で久雄に助けを求めるが、久雄はただ痴呆のような唖然とした表情で成り行きを見詰めるだけだった。

煙は増々濃度を増し、周囲の視界を灰色に染め始めている。四人共、そろそろ喉が苦しくなっていた。

「早くしなさいよ、邦彦。死にたくないでしょう」

珠実が興奮した口調で叫ぶ。

「待ってよ、珠実。他人の指を喉に入れられるなんて厭。自分でやるわ。だから手を放して」

京子も身に迫る危機を充分認識している。珠実と邦彦は目で合図を交わしてから、京子を拘束から解放した。

もう躊躇《ためら》っている暇は無い。その場で床に両膝を突き、背筋を丸めるような姿勢からゆっくりと人差し指を自分の口の中へ挿入する。珠実も京子の傍らに片膝を突き、その背中を摩《さす》り始めた。

胃の中の物が逆流する音と共に、吐瀉物《としゃぶつ》が床を汚し、異臭が煙と共に鼻を刺す。

「まだ鍵は出て来ないの。ねえ、まだなの」

京子は下を向いたまま、力無く首を横に振った。珠実に急かされ、再び指先を思い切って喉へ突っ込む。だが最早流れ出るのは黄色い胃液だけになっていた。

「駄目だわ。もう何も出ない」

「何言ってるの。さあ、頑張って。続けるのよ」

今や猖獗《しょうけつ》を極める煙は、まるで濡れ雑巾のように鼻や口へ搦み、喉から呼吸器官へ粘液のごとく流れ込んで肺を侵食する。死の恐怖は目の前に迫っているのだ。

　それなのに、京子ったら——珠実の焦燥感と錯乱状態は頂点に達しようとしていた。

　前から京子の事は鈍臭《トロ》い奴だと思っていた。

　そうだ。去年皆でコンサートへ行った時も京子の所為《せい》で酷《ひど》い目に遭ったんだ。

　指定席が取れず、手に入れたのは自由席だけ。皆、朝早く集まって良い席を確保しようと約束したのに、京子は遅刻して来た。そのお陰で、二階後方の碌《ろく》に舞台も見られない席に座る破目《はめ》になったのだ。

　それなのに京子は謝りもしない。いや、遅刻して来た時に「遅れてご免ね」と笑いながら言っただけ。他人に迷惑をかけたなんて気持ちは微塵《みじん》も有りはしない。

　身勝手な奴。自己中心的で我儘《わがまま》な奴。だから久雄にも浮気されるんだよ。悪いのはいつも京子。

　私は厭。京子の所為で死ぬなんて絶対に厭。こんな奴のために、こんな奴のために……。

　興奮状態で手に負えなくなってしまった珠実は、京子の髪を鷲掴みにして訳の分からない事を叫んでいる。そんな珠実と、涙と涎《よだれ》に汚れた京子の顔を見詰めながら、邦彦は考えていた。

　早く鍵を吐き出してくれ、京子。吐き出せよ。畜生、何をもたもたしているんだ。それ位の事、出来無いのか。

（それ位の事、出来無いのか？）

　唐突に邦彦の口元が、締まり無く弛《ゆる》み始めた。

　それ位の事出来無いのか——それは自分が京子に言われ続けてきた台詞じゃないか。

　俺が宿題の事を訊いたり、試験勉強の事で相談する度《たび》に、京子は迷惑そうな顔をする。そしていつもこう言うのだ、「それ位の事、自分で出来無いの」って。

　それ位の計算、自分で出来無いの。それ位の英語、自分で訳せないの。それ位の漢字、自分で読めないの……。あいつはいつもそうだ。

ああ、そうだよ。俺は計算も英訳も、難しい漢字を読む事も出来無いよ。出来無いからお前に頭を下げて、頼んでいるんじゃないか。

それなのに京子の奴、優等生なのを鼻にかけて、いつも俺を莫迦にしてきたんだ。

そうだ、京子はずっと俺の事を嫌っていた。今だって、俺が指を口の中に入れようとしたら、まるで汚い物が触れるように厭がっていた。

目に煙が染みて、もう涙が止まらない。邦彦は頬を痙攣《けいれん》させながら嘲《せせ》ら嗤《わら》った。

さあ、優等生のお嬢さん。早く鍵を吐き出してくれよ。それ位の事、出来無いのかい。それとも俺達を殺したいのかい。

俺は死にたくない。こんな大きな胸以外、何の取り柄も無い女のために死ぬなんて厭だ。京子の所為で死ぬなんて絶対に厭だ。こんな奴のために、こんな奴のために……。

久雄は既に両膝を床に突き、虚ろな目で渦巻く煙を見詰めるだけだった。

京子。いつまで腹の中に鍵を隠しておく気なんだ。俺が死んでもいいのか。それとも俺を道連れにして、此処で死ぬ魂胆《つもり》なのかよ。

お前なら考えそうな事だよな。前からそうだよ、お前って女は。嫉妬深くて猜疑心《さいぎしん》や独占欲ばかり強くてさ。最前《さっき》だってメモの事を彼是《あれこれ》詮索しやがって。

確かに俺は嘘を吐《つ》いたよ。倉庫に来たのはお前に呼び出されたからじゃない。珠実と逢うためだった。でも、それがどうだと言うんだ。自分以外の女友達と逢っちゃいけないとでも言いたいのか。

きっとお前のその嫉妬深さがこんな事態を招いたんだ。いや、そうに違い無い。全部、お前の所為だ。

厭だ。京子の所為で死ぬなんて絶対に厭だ。こんそう言って唇に微笑を浮かべ、握っていた棒鍵を旧体育館へ放り投げると、そのまま校舎の方へ歩き出した。

既に焔は建物全体を呑み込み、夕暮れの空に渦巻くような黒煙を噴き出している。消防車のサイレンが鳴り響き、周囲はクラブ活動で放課後も残っていた生徒達に埋め尽くされていた。

(準備は整ったわ。私の宮殿、私の〝隙間《すきま》〟が)

擦れ違う生徒達には目も呉《く》れず、少女は体育館から遠避《とおざ》かって行った。


な奴のために、こんな奴のために……。

煙が四方の壁から黒い螺旋《らせん》を描きながら襲いかかる。

一酸化炭素の毒煙と錯乱の充満した倉庫の床に、硬式野球に使う硬球が転がって来た。備品の一つなのだろう。誰かがそれを摑むと、いきなり窓目掛けて投げつけた。

硬球は鉄格子に弾き返され、割れた硝子の破片が床に飛び散る。刃物のように鋭い硝子の破片が。

京子を除く三人の目が、破片の鋭い切り口を見て異様な輝きを放つ。

(助かるかも知れない)

少女は運動場《グラウンド》の途中で立ち止まってから、ゆっくりと旧体育館の方を振り返った。

「お莫迦さん達。鍵が京子さんのお腹の中にあるのなら、私はどうやって外から鍵を締めればいいの?」

Fujimi――一九九九年八月三日②

敦賀《つるが》野《の》雹吾《ひょうご》（53）は語る

えっ？　落ち着けって？

私は落ち着いてますよ。落ち着いていますとも。

ああ、お茶をどうも有難うございます。

（敦賀野は出されたお茶を、一気に飲み干した）

何が起きたのか、詳しく話せと仰《おっしゃ》るんですね。ええ、話しますよ。何もかも洗い浚《ざら》いぶち撒《ま》ける決意《つもり》で来たんですからね。そう、そのために私は此処《ここ》へ来たんですから。

でもその前に一言断っておきます。

これから聞いて頂く話は、とてもこの世の出来事とは思えないような、奇妙で不条理で恐ろしい話です。きっと貴方達は、私の頭がイカれちまったんだとお思いになるでしょう。

だけど私は狂ってなんかいない。これから喋る事は全て真実なんだ。この私が身を以って体験した……

えっ？　疑ったりしないから早く話を始めろ、って？

そうですね。ええ、それが一番だ。だって私はそのために――ああ、これはもう今言いましたよね。

えーと、何からお話したら宜しいのでしょうか……そうそう、まずあの事からお話しないと。あれは私がまだ小学生だった頃にやらかした、〝一寸《ちょっと》した悪戯《いたずら》〟でした。

（敦賀野は、何を思い出したのか唐突に吹き出し）

全くどうしてなんでしょうねえ……

弓削教授邸

地下室は、鑑識課や検死官が忙しなく動き回っていた。

刃物は鋏や小型のナイフなど、全部で五丁見つかっている。いずれも血痕が付着していた。片隅に布製の手提《てさ》げ袋が投げ捨てられているところを見ると、それに入れて地下室へ持ち込んだのだろう。

人体は血と脂《あぶら》の詰まった皮袋でもある。日本刀など人一人斬れば、忽ちそれが刃に絡《から》んで使い物にならなくなるらしい。だから犯人は予《あらかじ》め複数の刃物を用意していたのだ。

「最初から、計画的に三人の子供を切り裂く魂胆《つもり》だったんですね」

東雲が怒りを抑えた口調で言うのを聞きながら、曽我は地下室を見回した。これで視線が室内を巡るのは何回目だろう。

屋敷の中は藻《も》抜《ぬ》けの殻だった。

犯人は、犯行後に地下室から抜け出し、裏手の塀を乗り越えて逃走した。それが捜査本部の公式見解だった。既に周辺には非常線が張られている。不審人物を絶対に見逃すなと。

(あの高い塀を乗り越えて?)

曽我にはそれが疑問だった。

屋敷を囲む塀は、一階を完全に外の視界から遮《さえぎ》るほどの高さだ。勿論、乗り越えるのが絶対不可能とまでは断言出来無いが、釈然としない思いは断ち切れなかった。

しかし冷たいコンクリートに壁・屋根・床を覆われたこの地下室には、捜査官が突入した木製の扉以外に出入り口は無い。まして何も無いがらんとした室内に、犯人が隠れるような場所など到底見当たらなかった。何度見回しても。

そう考えながら、また視線が無駄に室内を徘徊《はいかい》する。

曽我の疑問は、そのまま東雲の疑問でもあった。

まして彼は曽我よりも屋敷の構造に詳しい。この地下室から逃げ出し、門扉から屋敷の玄関を見張る自分達の目を盗んで身を潜めるとしたら、庭にでも隠れるしかない。

だが屋敷を囲む庭は、既に鑑識課が調査を開始している。小さな庭木や植木の中に隠れているとしたら、とっくに発見されている筈だ。

勿論東雲も、裏庭の高い塀を乗り越えて逃げた可能性を、全面的に否定する心算はなかったが……。

†

東雲を再びこの屋敷へ引き摺り込む破目となった「今回の事件」が発覚したのは、前夜の豪雨が嘘のように晴れた七月二一日早朝の事だった。

管内を流れる川の河川敷で、女性の変死体が発見されたのである。

それは一九年前の連続幼児殺害事件で、二番目の犠牲者となった中村拓也君の惨殺死体が発見された場所でもあった。最初から不吉な臭いのする事件だったのである。


現場に急行した東雲は、先に到着していた制服警官や鑑識課員に軽い挨拶を交わした後、被害者の方へ歩み寄った。

夏らしい、白地に水玉模様《ドット・プリント》の衿無しブラウスと同じ柄のスカート。特に目立つ特徴は無い。だが仰向《あおむ》けに倒れたその女性の顔を見た途端、東雲は衝撃《ショック》のあまり色を失った。

（芙美さん）

顔が紫色に変色し、目や口の周りに溢血点《いっけつてん》が浮かんでいるものの、その顔は一九年前に夫を毒殺し、自らも命を絶った南條芙美に生き写しだったのだ。

「南條芙美さんの娘、芙路魅さんだそうです」

本庁の刑事だろうか、いつの間にか傍《かたわ》らに立って居た若い男が、東雲の耳元で囁《ささや》いた。

「芙路魅？」

「落ちていたハンドバッグの中に、身元を証明する物が入っていたんです。親族へは既に連絡済みですので、後ほど遺体確認をして頂く段取《こと》になっていますが」

若い刑事が簡単に事情を説明するが、最早耳には届かない。

始めて南條邸で見た芙美の傷ついた姿、地下室の惨劇。そして砒素を呷《あお》って絨毯に倒れていた彼女と、その脇で泣き叫んでいた芙路魅。事件を巡る、あまりにも様々な思いや記憶の断片が、先を争うように脳裏に浮かび上がる。

遺族の遺体確認には、一応東雲も立ち会った。現れたのが、一九年前に両親を失った芙路魅を引き取った父方の祖父=弓削道蔵教授である。

事務的に顔を確認すると、「間違い有りません」——それだけだった。積み重ねた年齢の重みが、感情を露《あら》わにする愚を戒《いまし》めていたのだろうか。

それにしても、孫娘が亡くなっているのだ。それも首を絞められて。余りにも淡白で、冷静過ぎる。東雲は、込み上げる怒りに任せて弓削の胸倉を掴みたくなる気持ちを必死で抑えた。

遺体はその日の内に弓削の元へ引き渡された。いや、正確には「南條家」が引き取ったと言うべきだろうか。

その後聞いた話によれば、葬儀は主に南條家が中心となって取り仕切ったらしい。ただ教授の要望により仮通夜は行われず、その晩に簡単な通夜を済ませ、翌二二日には荼毘《だび》に付されたと言う。まるで急いで始末する必要でもあるかのように。

一九年前同様、再び警視庁と所轄署による合同捜査本部が設置された。だが所轄署会議室で捜査会議が始まっていた時も、まだ頭の中の混乱は続いていた。

(あの芙路魅が殺された)

「死因は扼殺《やくさつ》で……犯行時刻は昨夜の午前零時から一時の間……ハンドバッグやハイヒールは現場にあるものの、傘が見当たらない。昨夜の豪雨の中で傘も差さずに外出するのは考えられない事……犯人が持ち去った可能性も否定出来ないが、恐らくは別の場所で殺害された後、河川敷へ運ばれたものと思われ……」

そんな報告が、断片的に頭の中へ入るだけだった。

「おい、東雲。お前は遺体発見現場になった河川敷付近の聞き込みを担当してくれ。本庁の曽我と組んでな」

突然の捜査主任の声で、ようやく我に返った東雲の目の前に、河川敷で遺体が「芙路魅」である事を教えてくれたあの若い刑事が立って居た。

「曽我重人です。宜しくお願い致します」

はっきりとした口調でそう言うと、嫌味の無い笑みを浮かべながら頭を下げる。

河川敷付近の聞き込みは、初日から行き詰まりを見せ始めた。

深夜の上、前日は記録的な豪雨で出歩く人も少なく、目撃者は望み薄だったからだ。事実現場付近での聞き込みでは、これといった成果は上がらなかった。

一九年前と違って、界隈の家を一軒一軒回る作業は今の東雲には辛《つら》い。それだけに若い曽我の補佐《フォロー》は有り難かった。礼儀正しい青年で年配の住人からの受けも良く、質問の仕方も適切で要領がいい。

聞き込み開始から二日目の事だった。

「そろそろ昼飯にしましょうか」

午前中の捜査が終わり、東雲が近所の定食屋へ誘った。

「東雲さんは、今回の事件が一九年前の事件と繋がりがあると思われますか」

食事も終わり、煙草に火をつけた時に、曽我が話を振ってきた。確かに捜査本部の中には、今回の事件が一九年前の事件と何らかの関係があるのではないかと憶測を巡らす刑事もいる。

だが東雲は慎重だった。

「さあ、今の段階では何とも言い難《がた》いですね」

「あの事件は、結局芙路魅の父親が犯人という事で捜査が終了したんでしたよね」

曽我は探りを入れるような目で東雲を見た。どうやらあの幼児連続殺害事件の話を聞きたいらしい。

東雲にしてみれば、あまり思い出したくない事件だ。ちょっと躊躇《ためら》ったが、今や得難い相棒となった曽我の願いを無下《むげ》に断る事も出来無かった。

頭の隅に仕舞っておいた記憶の箱を開ける。最初の通報、酸鼻《さんび》な現場、そして暗礁へ乗り上げた聞込み、第二の殺人事件……南條芙美の通報による急転直下の容疑者逮捕……

「すると犯行推定時刻は、いずれも昼間の事だったんですか」

曽我が質問を挿《はさ》むと、

「ええ。それが犯人の日常生活や生活様式《ライフ・スタイル》と関係があると思われていました」

「真っ昼間の犯行にしては、目撃者が異常に少ないのが気になりますね」

「世の中には、悪運の強い奴がいますから」

東雲は、話している内に段々饒舌《じょうぜつ》になっていく自分に気がついた。

確かにあれは厭《いや》な事件だった。だがその反面、自分の刑事生活の中で、最も華《はな》のあった時代でもある。連日のごとく新聞紙面を飾った事件の解決に貢献したのだから。

警察官の中には、巡査長・巡査部長のまま派出所や駐在所勤務で警察人生を終える者も多い。だがそれはその警察官の能力の問題ではない。

警察人生は試験の連続だ。

巡査から巡査部長への昇任試験。合格したら管区警察学校で講習。息吐く暇も無く次は警部補への試験。試験―合格―警察学校―現場……それが警視になるまで繰り返されるのだ。

だが、そんな出世などに興味を持たぬ者もいる。

巡査長・巡査部長になったら、後は派出所・駐在所勤務に励み、市民の最も身近な場所で治安を守る事に警察人生を捧げる。そんな道を選ぶ警察官は案外多いのだ。

立場こそ違うが、東雲もそんな警察官の一人だった。

そんな彼にとってあの事件は、地味に終わる筈だった刑事人生に、一点の彩りを添えてくれる出来事だったのかも知れない。

「それにしても」

話が一段落したところで、曽我が合点が行かぬように首を捻《ひね》る。

「南條路夫は、どうして突然、刃物を持ち出して暴れ出したんでしょうか」

「それがどうもよく分からんのです」——東雲もその疑問を素直に認め——「それに、どうにも奇妙な事がありましてねえ」

曽我は黙って話の続きを促した。

「南條が逮捕された翌朝、出勤した社員が休憩室で、出前と思しき寿司が放置されたままになっているのを発見しているんです」

「寿司の出前ですか？」

頓狂《とんきょう》に語尾を上げる曽我に、頷き返しながら、

「出前をした寿司屋は器から直ぐに分かりました。当然、届けた店員もね。それは南條の注文で届けた物だそうです」

路夫が残業する際、よく利用していた店だったらしい。

その店員が寿司を届けに来たのは、事件当夜の九時半頃だった。丁度その時、店員は会社の駐車場から車が飛び出して来るのを目撃している。運転していたのは南條だったと言う。

「会社から南條邸までは車で何時間《どれくらい》ですか」

「確か三〇分ほどでした」

南條は、そのまま自宅へ直行して事件を起こしたのだ。

出前を運んで来た店員は、多少不審に思いながらも「直ぐに戻る心算なのだろう」と余り深く考えな

かったらしい。馴染みの客でもあったので、代金は後日受け取ればいいと、いつも通り休憩室に寿司を届けてそのまま店へ戻った。

「休憩室には他に誰もいなかったんですか」

「店員はそう証言していましたよ。ただ淹《い》れたばかりのお茶が机の上に置いてあっただけだったとね。ただ――」

ただ一点だけ店員も気になる事があった。休憩室のテレビがつけっ放しになっていたと言うのだ。多分、南條が観ていたと思うが、それにしても電源《スイッチ》も切らずに飛び出すとは。

「いくら急いでいたとしても、テレビの電源ぐらい落としてから出掛けるんじゃないか、って思いましたねえ」――店員はそう言って首を傾げた――「観ていた番組ですか？　さあ、よく憶えちゃいませんけど、多分報道番組か何かだと思いますよ」

そんな証言だった。

「由加ちゃん失踪事件は、早めに公開捜査へ切り替え、テレビでも積極的に目撃情報を呼びかけていたんでしょう」

東雲の話を聞き終えた曽我がそう話を切り出すと、

「ええ、夕方のニュースからね」

「すると南條路夫もその晩観ていた報道番組で、捜査本部が公開捜査に踏み切った事を知っていた可能性がありますね」

「ですからそれが契機《きっかけ》で犯行が曝《ば》れたと思って自棄《やけ》になり、刃物を持って暴れ出したと……」

東雲の返事は今一つ歯切れが悪かった。いや、彼自身疑問に思っているのだ。由加ちゃんの公開捜査と、刃物を持ち出して暴れ、自ら墓穴を掘るまでの間には途轍《とてつ》もなく大きな隔たりがある。

「他の二件のアリバイはどうなのですか。そっちは日付こそ違いますが、いずれも犯行時刻はほぼ同じ時間帯なんでしょう」

「それがどうも曖昧《あいまい》でねえ」

眉を顰《しか》め、気不味《きまず》そうに頭を掻《か》く。

南條路夫が勤める南條物産は、当時一つの火種を抱えていた。取引先が手形詐欺に巻き込まれ、倒産の危機に瀕《ひん》していたのだ。担当役員でもあった路夫は、売り掛け金の回収などに率先して飛び回る日々が続いていた。

「押収した本人の手帳に、細かい仕事内容《スケジュール》が書き込まれていました。それによると、犯行時刻はその取引先に顔を出している事になっているのですが」

ところが問題の会社はとっくに倒産し、社長は夜逃げ同然に行方を晦《くら》ましていた。都合の悪い事に、事情に精通している筈の主な幹部社員まで、時を同じくして姿を消してしまったのだ。路夫のアリバイを確認しようにも相手が捕まらないのである。

「捜査に手間取っている内に、事件はとんでもない形で幕を閉じちまいましたからねえ」

「南條路夫が妻の芙美に毒殺され、その芙美も服毒自殺してしまったんですよね」

「後味の悪い結末でしたよ」

視線を落とし、苦い思い出を噛み締めるように吸いかけの煙草を口へ運ぼうとすると、

「後一つだけ教えて下さい」

もう全てを話し終えたと思った東雲は、慌てて視線を上げた途端、指に挟んだ煙草を落としそうになった。

「拘留中の南條の元へ面会に来たのは、奥さんだけですか」

「面会?」

煙草を灰皿で揉み消しながら、暫く眉間に皺《しわ》を寄せていたが、ようやく思い出したように、

「そう言えば毒殺される前日か前々日ぐらいに、父親の弓削教授が面会に現れている筈ですが」

「弓削教授も面会に来ているんですね」

曽我が確認するように、繰り返した。

捜査会議では、両親を亡くした後の芙路魅がどん

な人生を歩んだかが簡単に報告されていた。

事件後、芙路魅は父方の祖父である弓削道蔵教授と共に九州へ転居した。弓削が九州X大学の名誉教授であったからだ。

小学校卒業後、中学・高校はいずれも県立へ進学している。最終学歴は地元の「雲龍山《うんりゆうざん》高校」。教授と共に東京へ戻ったのは一一年前の事である。九州を離れた理由は、一九八八年に起きた「雲龍山の噴火」によって教授の家が焼失したためらしい。

その噴火は東雲もよく知っていた。周囲の景観を一変させたばかりではなく、火砕流によって、多くの犠牲者が出た悲惨な災害だった。

(芙路魅はそんな災害にまで遭遇していたのか)

どこまでも不運につけ回される子だ——東雲は密《ひそか》にそう思っていた。

「九州時代の芙路魅には、別に非行歴もありません。担当教諭の話を素直に受け取れば、大人しくて成績も良く、真面目な生徒だったようです」

それが九州関係の捜査を担当した捜査官の結論だった。

東京での落ち着き先は、忌まわしい記憶の残る生家＝旧南條邸。南條路夫の死後、相続によって土地・家屋の名義が芙路魅になっていたためらしい。生家へ戻ってからは嘗《かつ》ての友達と会う事もなく、殆《ほとん》ど屋敷内で暮していた。

長い年月は、不幸な事件で両親を失った少女から、殺人鬼の娘へと周囲の目線を変えてしまったのかも知れない。本人の交友関係から容疑者を見つけるのは困難だった。

「東雲。お前、明日から弓削教授の身辺を洗う班へ回ってくれ。曽我も一緒にな」

会議終了後、捜査主任から命じられた。

芙路魅本人の周辺に怪しい人物がいない上、聞き込み捜査から目立った成果が期待出来無い以上、弓削教授の身辺捜査に人員を増やすのは当然の捜査方針であった。

弓削教授——精神医療を専門とする医学博士。犯罪精神医学の分野に実績があり、警察の鑑定医として何度も優れた鑑定書を提出した事がある人物。

現在は東京の大学の非常勤講師として教鞭をとっている。

東雲と曽我が捜査へ赴《おもむ》いたのも、その大学に勤務する不破《ふわ》教授だった。研究室へ案内された二人の前に現れたのは、恰幅《かっぷく》が良く、灰色の髪を七三にきちんと分け、金縁眼鏡の奥から温厚そうな目が覗《のぞ》く如何《いか》にも学者風の中年男性だった。

この時の聞き役は、専《もっぱ》ら東雲が務めている。

立派な事務机の前の両袖椅子に腰を下ろした不破教授は、向い側に座る二人に、弓削教授を学者として尊敬していると断言した。だが直ぐその後「但し」と付け加えて、

「教授《せんせい》は妙な考えに虜《と》り憑《つ》かれていました。〝存在するもの〟という考えにね」

「〝存在するもの〟……ですか？」

東雲は怪訝《けげん》そうに語尾を吊り上げた。

「比喩《たと》えば、ここに一枚のハンカチが有ります。これからハンカチという属性——白いとか四角いとか、木綿だとか、そんな属性を全て取り去って『ここに有る』という実在性だけにしたと考えて下さい。あなたにはその存在が認識出来ますか」

メモを書く手が止まり、東雲は曽我と目を合わせた。意味が分からなかったのだ。

「表現が悪かったようですね。こう考えて下さい。私とあなたが電話で会話していたとします。そして私が電話の向こうのあなたに対して、机の上の万年筆を指差しながら『あれ』『これ』と言ったところで、あなたはそれが何であるか理解出来ませんよね」

「ええ、まあ」

不破は、曖昧《あいまい》な返事を意に介する様子も無く話を

「い、位相的……」

東雲が口籠《くちごも》るように繰り返そうとすると、不破は
「どう説明したら理解して貰えるかなあ」と苦笑を浮かべながら、

「ご存知ありませんか、一見無に見える真空が、ほとんど無限とも言える物質を産み出す事」

「負《マイナス》のエネルギーで満たされた真空、〃ディラックの海〃の事ですか」

曽我は頷《うなず》きながら問い返すが、

「真空ってのは、空っぽだから真空なんじゃないんですか」

東雲は増々合点の行かぬ顔で二人を見比べる。

「お若い刑事さんが仰《おっしゃ》られた通り、一九二〇年代にイギリスのディラックが発見した理論ですよ。真空は空っぽにしか見えない。真空は決して我々の観測には引っ掛からない。観測出来るのは、真空の〃揺らぎ〃だけだと」

難しく考えないで、単純に我々は、目に見えない
続けた。

「つまり我々人間は『ただそこに有る』という実在感だけでは、認識する事が出来無い。〃存在するもの〃、ただ存在するだけのものを観察する事は出来無いんです。正に神のごとくね」

唐突に飛び出した「神」という言葉に、二人は面食らった。

「〃存在〃は全てに先行する。存在するという事は、森羅万象の根源です。ところが我々にとってその根源は、決して知り得ないものなんです。我々の認識に引っ掛かるのは、ただ属性という存在の揺らぎが生じた時だけ――弓削教授はそう考えたのです」

「存在の……揺らぎですか？」

「物理的な、位相的な、或いは心理的な揺らぎです。しかし、全ては〃存在するもの〃から流れ出る。まあ、ある種のオカルト的な考えですから、弓削教授の高名をしても、学会には受け入れられない考えでしたが」

し触る事も出来無い負のエネルギーの海の中に、どっぷりと浸かっていると考えて下さい——不破にしても、専門分野ではないからだろう。そんな頼り無い補佐《フォロー》をしてから、

「比喩《たとえ》ば、液体水素の中に高エネルギーのガンマ線を走らせると、突然電子と陽電子が飛び出すのが観測出来るんですよ。まるで〝無〟から〝有〟が産まれるようにね。実際には、真空を埋め尽くす負のエネルギーを持つ電子が正《プラス》のエネルギーを持ち、我々の観察に引っ掛かるようになっただけなんですけど」

〝無〟から〝有〟が産まれる？　——混乱の度を深める東雲を余所《よそ》に、曽我が口を挿んだ。

「でもそれは、あくまでも物理学上の話でしょう」

東雲には充分理解出来なかったが、それでも今の説明が、弓削教授の理論とは大きな開きのある事ぐらいは分かる。それは不破自身も承知しているのだろう、また苦笑を浮かべながら、

「〝揺らぎ〟という言い方が分かり辛《づら》ければ〝隙間《すきま》〟と考えた方が宜しいかも知れませんね」——それから気分を変えるように——「こんな話を聞いた事ありませんか」

そう言いながら、二人を改めて見据え直した。

「ある冬の出来事です。四人の仲間が雪山へ出かけ、遭難してしまいました。それでも何とか山小屋を見つけて中に避難し、助けを待つ事にしたのです。

「無人の山小屋は電気が届いていないのか真っ暗。その上困った事に、暖を取るものが何もありません。外は吹雪、ここで寝たら凍え死んでしまいます。

「そこで眠り込まないよう、四人はある暇潰し《ゲーム》をして眠気を遠避《とおざ》けようとしました。それは一人ずつ小屋の四隅に立ち、暗闇の中を壁伝いに隣の隅へ行き、そこに立っている人の肩を叩く。そして叩かれた人は、また壁に沿って次の人のところへ行って、

また肩を叩く……」

不破は机の上に人差し指で四角を描き、四隅を一箇所ずつ指差しながら話を続けた。

「四人は明るくなるまで暇潰《ゲーム》しを続け、吹雪の止んだ雪山から何とか下山したそうです。

「そして麓に辿《たど》り着いてようやく火を囲み、体が温まった頃、一人が急に脅えたようにこう言ったのです。『おい。昨晩の暇潰《ゲーム》し、俺達四人だけじゃ出来無いんじゃないか』って」

東雲が首を捻っていると、

「実際に帳面《ノート》へ四角形を書いて、その四隅に一円玉でも置いて移動させてみれば直ぐに分かりますよ。その暇潰《ゲーム》しは五人居ないと成立しないんです。つまり真っ暗闇の山小屋の中で、知らぬ間に一人増えていたっていう結末《オチ》ですよ」

私も最初に聞いた時は、当惑《まご》つきましたから――

不破は助け船でも出すように言い添えた。

「だけど、それは怪談話の類《たぐい》ではないのですか。不破教授だってそんな話を真に受けている訳ではないでしょう」

曽我が更に説明を求めて喰い下がると、口元に複雑な笑みを作りながら、

「私が小さい時分、居間の襖《ふすま》を開け、ちゃんと閉めないで出入りしようとすると、必ず祖母に叱られたものです。『襖はちゃんと閉めなくちゃいけないよ。絶対に隙間を残してちゃいけない。その隙間から必ず魔物が入って来るから』ってね。

「祖母が言うには『どんな時も隙を作っちゃいけない。行儀良くするのも、身形《みなり》をきちんとするのも、全て隙を作らないためなんだから』だそうです」

「雪山の山小屋でも、四人の間に産まれた隙間を衝いて、何者かが入り込んだと?」

だが不破はそれに直接答えようとはせず、

「隙間の〝間〟は、魔物や魔界の〝魔〟に通じるんだそうです。だから隙を見せるとその隙間を衝いて、魔物共が流れ込んでくる――そう教わりまし

た。だから決して隙を見せてはいけない、隙間を作ってはいけないと」

曽我は熱心に聞いているが、東雲は眩暈《めまい》を起こしそうな気分だった。

「怪談、民間伝承《フォークロア》、都市伝説……言葉は何だって構いません。昔から人は欲望や不安、恐怖といった忌むべき記憶、心の隙を物語にしてきました。物語として語り継ぐ事によって、その隙を埋めようとしてきたのかも知れませんね」

「怪談や伝承、伝説は心の隙を埋める、つまり隙に溜まる隙間そのものだと」

暫く聞き役に回っていた東雲は、少々腹立たしくなってきた。

隙間の〝間〟が魔物や魔界の〝魔〟だって。物語が隙間だって。

だったら怪談話をしただけで、我々は隙間を覗いたって事になるのか。その隙間から魔物やら化け物やらが抜け出して来るとでも言いたいのか。

「百物語の話はご存知でしょう。怪談話を百語ると祟《たた》りがあると。だから怪談話は九九で止めなければならないとね。人々の忌むべき記憶の掃《は》き溜《だ》めを、妄《みだ》りに覗くなかれという教訓かも――」

「一体、弓削教授は何を研究されていたのですか？」

東雲は半《なか》ば呆れたように口を挿んだ。

「社会が犯罪者を生むのではない。犯罪者は犯罪者になるべくこの世に生を受けたのだ――それが教授の長年の研究主題《テーマ》です」

†

「子供達は頭部に鈍器で殴られた痕が数箇所あります。恐らくは転がっている金属バットが凶器でしょう」

東雲が回想から現実へ引き戻された。

「子供達の死亡推定時刻は一時間ほど前。弓削教授は鋭利な刃物で数箇所刺されています。こちらの凶器も地下室で発見された包丁と見て間違い無いでしょうね。詳しい事は司法解剖へ回してからですが」

　簡単な遺体検分が終わったのだろう。検死官が捜査主任へ報告していた。

　気がつくと、曽我は床一面に広がる粘々《ねばねば》の血漿《けっしょう》に注意しながら、ゆっくりと左側の壁面へ歩を進めていた。そして分厚いコンクリートを指先で撫でながら奥へと進む。

敦賀野竃吾は語る

　全くどうしてなんでしょうねえ。男の子って生き物が、自分の好きな女の子には、何故か意地悪や悪戯《いたずら》をしたくなってしまうのは。

　授業中、気になる女の子に小さな紙飛礫《つぶて》を飛ばしたり、故意《わざ》と憎まれ口を叩いてみたり。持ち物を無理矢理取り上げて、「返してよぉ」って泣きっ面するのを楽しみにしたり。

　私にも、そんな思い出があります。小学校時代に同じ組《クラス》に居た南條芙美という、色白で如何《いか》にもお嬢様然とした女の子でした。飾襞《フリル》に包まれた可愛らしい服と、その服の背中に垂れる長い黒髪が印象的な子でしたっけ。

　よく上履きを隠したり、帳面《ノート》や教科書に絵なんか描《か》いてあるのを見つけてはそれを取り上げて、「何だよ、この下手糞な絵」なんて大声で叫んだり——本当はとっても素敵な絵だったんですけどね。

　まあ、殆《ほとん》ど無視されていましたけど。

　でも何とか構って欲しかった。どうしたら芙美を本気で困らせる事が出来るのか、そればかりを思い巡らせている毎日でした。

　そうそう、彼女はピアノを習っていましてね。音楽の時間に何度か彼女が演奏する姿を見た事があります。あの鍵盤の上で嫋《しな》やかに躍る細い指先は、今でも忘れられないほど美しかった。

　あの「小さな事件」が起こったのは、小学校六年生の時。夏休みを間近に控えた七月の終り頃です。
その日、芙美の繊細な指先に、綺麗《きれい》な指輪がある
のを見ました。女の子達の会話をそれとなく盗み聞
きしたところ、それは母親の物だったそうです。
あの年頃はお洒落に興味を持ち始めますからね。
母親の目を盗んで、こっそりと持ち出したようでし
た。
誇らしげに指輪を翳《かざ》す芙美と、それを半ば羨望の
眼差しで見詰める周囲の女の子達。その様子を遠目
から気づかれないよう窺《うかが》っている内、胸の中に何と
も言えない感情が蠢々《むくむく》と湧き上がってきたのです。
その日の午後の授業は、校庭での写生《スケッチ》でした。彼
女は「絵具で汚れたら大変」と、指輪を机の中に仕
舞って校庭へ。絶好機《チャンス》だと思いました。
私は級友《クラス・メイト》や担当教師が写生に夢中になっている
隙を狙ってこっそり教室へ戻り、芙美の隠していた
指輪を机の中から盗み取りました。勿論、軽い悪戯
の心算《つもり》だったんです。彼女を困らせたい一心で。
当然、芙美は大慌てでした。今にも泣き出しそう
な顔でね。口にこそ出せませんでしたが、私は内心
得意満面でしたよ。自分を散々無視してきた女の子
を、遂に屈服させたような気分でね。
今にして思えば、彼女の涙に満足して「ほら、こ
こに落ちてたよ」とか言って、さっさと返してあげ
るべきでした。
でも、あの時は気持ちが舞い上がっていたのでし
ようか、「どうせ内緒で持ち出した指輪なんだから、
先生や親に喋《チク》る事なんて出来やしないさ」と高を括《くく》
り、いつまでも芙美の泣き顔を楽しんでいました。
ところが事態はこっちの予想外の方向へ進みまし
た。芙美が先生に全て打ち明けて相談したのです。
誰かが職員室での様子を立ち聞きしたのか、噂は
忽ち《たちま》教室《クラス》中に広がりました。彼方是方《あちらこちら》で秘緒々《ひそひそ》話
――犯人は同級生《クラス》の誰からしい。今から持ち物検査
が始まるぞ。いや、服を全部脱がして徹底的に調べ
るんだって。

それは当然、私の耳へも飛び込みました。

「大袈裟《オーバー》な事言うなよ」

震えの止まらない膝を皆に気づかれないように隠しながら、無理に笑い飛ばそうとしましたが、傍に居た女の子が、

「知らないの。私のお姉ちゃんが六年生の時、隣の組で似たような事件があったそうよ。その時は男子女子が別々の教室に集められて、鞄から洋服まで全部調べたんだって」

私は頬を無理に引《ひ》き攣《つ》らせて黙りました。今にして思えば、そんな事件が本当にあったのかどうか怪しい話《もの》ですが。

しかし噂なんて無責任なものです。挙句の果てには「警察も来るぞ」などと騒ぐ奴まで現れる始末。今から思えば話に尾鰭《おひれ》がつき、他愛も無い噂となって教室内を一人歩きしただけなのですが。

でも当時の私は、本当に心臓が胸から飛び出しそうになる程怯《おび》えていたんです。

休み時間中に教室を抜け出し、何処《どこ》か別の場所へ隠そうと思いました。ところが同級生の悪餓鬼共が、面白半分に騒ぎ始めたのです、「誰も教室から出すなよ。指輪をどこかへ隠しに行くかも知れないからな」「そうだ。教室から出た奴が犯人だぞ」とね。

これでは教室から抜け出す事など出来る筈がありません。八方塞《ふさ》がりでした。

始業ベルが鳴り、担任が現れました。教壇で何か喋《しゃべ》っていましたが、今にも始まるかも知れない持ち物検査への恐怖で、何を喋っていたかなど全然《てんで》覚えていません。

「始まるよ」

誰かが耳元で囁《ささや》いたような気がしました。実際は空耳だったのかも知れませんが。でもそれがまるで暗示のように、体を動かしたのです。

そっとポケットに手を入れ、指輪を取り出すと、誰にも気づかれぬよう口へ運びました。そう、その

まま指輪を飲み込んだのです。

「……とにかく心当たりのある者は、放課後、職員室まで来るように」

担任はそれだけ言うと、通常の授業を始めました。

翌日、芙美が目を腫《はら》せて学校へ来たのは今でも覚えています。親に酷《ひど》く叱られたのでしょうか、それとも一晩中泣いていたのでしょうか。

その後、私は公立、彼女は有名私立中学校へ進学し、お互い顔を合わせる機会《こと》も失くなりました。

えっ、お腹の中の指輪はどうしたのか、って？

さあ、どうなったんでしょうねえ。何でも小さな指輪程度の物なら、数日後には食べた物と一緒に体の外へ排出されるって話ですが。尤《もっと》もそれを知ったのは、随分と大人になってからの事ですがね。

さて、私が中学、高校、そして大学時代をどう過ごしたか等という話は端折《はしょ》っちまいましょう。どうせ本筋には関係無いし、聞いたところで退屈なだけでしょうから。

大学卒業後、五年ほどは中学の教師をやっていました。

実はその頃から、学校の仕事が終わると高校時代の先輩が経営する学習塾で、バイトをしていましてね。結局、先輩に誘われてその塾で雇われる事になりました。

人当たりも良い上、仲々要領も心得た人でね。これは名門校合格確実と思う子がいると、その親に言葉巧みに話を持ちかけるんですよ、「確かにお宅のお子様は勉強がお出来になります。でも確実に合格させるためには、後一歩足りません」ってね。

で、暗に自分と目指す名門校との人脈的関係を仄《ほの》めかす。後はもうお分かりでしょう？　数日後に、親は菓子折りを持って先輩の元へ訪ねて来るって寸《わ》法《け》です。

実際には、何も裏から手を回す訳じゃありません。放っておいても子供は自力で合格しますからね。

　でも親から見れば、塾様々です。まあ、こんな事を何度も繰り返していると、いつの間にか「あの塾は頼りになる」なんて噂が広がるもんなんですよ。

　それに面倒見のいい人で、塾経営についてもいろいろ教わりました。数年後には独立して自分の塾を開く事が出来る位にね。でもこれは、まだその塾で働いていた時の出来事です。

　ある日、見慣れない女の子が席に座っているのに気がつきました。新入りの塾生かと思い、その子の顔をそれとなく眺めた途端、目が眩《くら》むかと思いましたよ。

　髪型といい顔立ちといい、何よりその繊細な指先といい、その女の子はもう二〇年以上も前の芙美に生き写しだったのですから。

　それが芙路魅《ふじみ》。

　そう、その子が当時一〇歳の芙路魅だったんです。

弓削教授邸

　鑑識の作業はまだ続いていた。

　曽我は、左側の壁面から真正面を遮るコンクリート塊を五本の指先でなぞりながら歩いている。

　東雲はそんな地下室の様子を眺めながら、頭の中ではまた不破教授への事情聴取を思い起こしていた。

†

「〃社会学者や精神分析家が陳列棚に並べている犯罪者を、生物学、大脳生理学の俎上《そじょう》に載せる〃。それが教授の口癖です」

　不破の説明は続いた。

「弓削教授は、人が犯罪者になるのは、社会環境やその人の境遇などより、持って生まれた生物学的原因によるものと考えておられるのです。そしてその因子を捜す事に、学者人生を捧げられていると申し上げて差し支えないでしょう」

「遺伝的な要素ですか」

東雲は曽我を一瞥《いちべつ》してから、思いつきで言葉を挿《はさ》むが、

「アリゾナ州にジェフ・ランドリガンという死刑囚がいます。この男が今、興味深い控訴を行っているんですよ。自分が犯罪者になったのは、遺伝子のせいだとね」

不破は、相手の反応を窺うような間を措いてから、

「彼は幼い時に、優しくて教養のあるランドリガン家の養子となりました。そんな恵まれた家庭に育ちながら、ジェフは一一歳で警察に逮捕され、強盗、傷害、脱獄、殺人を繰り返し、挙句の果てに今は死刑囚です。養父母は全く申し分の無い人物で、只管《ひたすら》彼を更生させようと努力し続けてきたそうですが。

「その後の調べで、ジェフの実父も死刑囚として現在服役中である事が分かりました。実父だけじゃありません。実父の兄も犯罪者で、おまけにその父、ジェフの祖父もまた警察との銃撃戦で射殺されています。更にその父親も……」

「ジェフの一族は犯罪者となる遺伝子を持っていた、って事ですか」

そんな遺伝子は見つかっていませんがね——不破は質問を軽く受け流し、

「それに遺伝ばかりとは限りません。これは決して広く認められている学説ではありませんが、極めて一部の人達の脳には、罪や恥の意識、良心の呵責を司る領域と、理性的に物事を考える前頭葉が断絶している事例《ケース》があると考える専門家も居ます。つまり脳の中の考える部分に罪の意識などの情報が入ってこないため、道徳心を培《つちか》う事が出来ないと言うんですよ」

犯罪者の中には、明白な脳の異常がある事例だって珍しくありませんから——不破がそう言い足す

と、

「でも、それが〝存在するもの〟とやらと、どんな関係があるんですか」

「分かりません」

　あっさり言い切って、ただ肩を竦《すく》めるだけだった。

「そもそも犯罪因子だって、所詮は思いつきに近い仮説に過ぎません。確かに犯罪因子——比喩《たと》えば殺人を犯す因子みたいなものが発見されれば、今後無差別殺人などの犠牲になるかも知れない数万人、いや数十万人を超える犠牲者を救う事になりますが」

　でも、そうなると刑事さんは失業ですね——冗談の心算《つもり》なのか、そんな事を可笑しそうに言い添えた後、急に思い出したように、

「そう言えば弓削教授、数年前に妙な事を言っておられましたっけ。何やら酷《ひど》く憔悴《しょうすい》しきったご様子で『不破君。君は人間の姿をした原生動物《アメーバー》を見た事があるか』とね」

「原生動物《アメーバー》？」

　東雲が頓狂《とんきょう》な声を上げる。曽我は興味を惹《ひ》かれたのか、急に身を乗り出した。

「あれが暴れ出したら、もう手がつけられなくなる——とも。『いつか我々は、怪物に滅ぼされてしまうかも知れない。だが、儂《わし》は最後まで研究を続ける決意《つもり》だ』とか何とか」

†

「まだ犯人は捕まらないのか」

　捜査主任が非常線担当者からの報告を聞き、苦虫を噛み潰したような顔をしている。

「まだ遠くへは逃げていない筈だ。非常線の範囲を広げろ。必要とあれば人数を増やしても構わんぞ」

　本当に犯人は邸内から脱出したのだろうか。東雲はまだ固執《こだわ》っていた。

（怪物）か

一体、弓削教授は何を研究していたのだろう。

〝存在するもの〟、ただ存在するだけのものを観察する事は出来無い。それが弓削教授の理論、それとも信仰と呼ぶべきか。いや、妄想と名づけるのが一番適当だろうか。

（それにしても）

もし、そんな透明人間みたいな奴が殺人を犯したら、一体どんな騒動《こと》になるだろう。妙な考えが東雲の脳裏に浮かんだ。

我々の見ている目の前で人を殺し、堂々と立ち去る。いや、殺人を犯した後も現場に潜《ひそ》み、警察が右往左往する様を悠々と眺めているかも知れない。

（比喩《たと》えば）

そう、あくまでも比喩えばの話だが、まだこの地下室の何処《どこ》かに居て我々の動きを凝視《じっ》と見詰めているとしたら。誰にも見られる事なく自分の背後に立ち、舌舐めずりしながら次の犠牲者を捜しているとしたら。

何やら背筋に冷たいものが流れたような気がした。

確かに今回の一連の事件の背後には、自分の貧弱な想像力では到底理解の及ばない何かが〝存在〟している。

それは芙路魅殺しの後に起きた、第二の殺人事件での世にも不思議な「物証」が暗示している。

†

第二の遺体が発見されたのは、芙路魅の遺体が発見された五日後の七月二六日朝。近所の市民公園の遊歩道を挟む雑木林の中だった。

被害者は田名網準一、不動産会社勤務の二五歳。背後から刃物で刺殺されていた。死亡推定時刻は前夜一〇時半から一一時半。凶器の山岳ナイフは遺体の直ぐ傍らで発見されている。

遺体は見るも無残な姿だった。

殺害後、胸から腹まで切り開かれ、内臓が周囲に散乱していたのである。遺体の倒れていた辺りの地面には、たっぷりの血を吸った痕があった。

「あいつがあの世から舞い戻って来た」

現場に駆けつけた古参の刑事が、遺体を一目見るなりそう漏らしたらしい。

当然、一九年前の連続幼児殺害事件との類似を指摘する声が上がった。ましてその事件の犯人と目されている「あいつ」即ち南條路夫の娘が、五日前に殺害されているのだ。

だが上層部は慎重だった。

「現段階では、南條芙路魅殺害事件と今回の事件を繋げる証拠は何も無い」

それが公式見解として発表されようとした矢先だった。

東雲と曽我、その他既にその日の聞き込みを終えた刑事達数人が会議室で屯《たむ》ろしていた夕方、突然田名網殺しを担当していた捜査官二名が血相を変えて飛び込んで来たのだ。一人は指紋を担当していた捜査官だった。

「ちょっと宜しいですか」

捜査主任の前に立ち、何とか落ち着いて話そうとしているのだが、動揺している様子は隠せない。手には山岳ナイフを入れた透明なビニール袋を持参している。恐らくは田名網殺しの凶器なのだろう。

「何かあったのか」

捜査主任も徒《ただ》ならぬ気配を読み取ったのか、緊張した面持ちで先を促した。

「凶器のナイフから指紋が検出されたんです」

「それがどうした」

「指紋の主も判明しました。驚かないで下さいよ、主任。指紋は五日前に殺害された、南條芙路魅のものだったんです」

会議室に騒然とした雰囲気が走る。捜査主任は「静かにしろ」と一喝してから、

「別に何の不思議もないだろう。犯人は、芙路魅の

指紋が付着した凶器を事前に用意していたと考えればいい。そしてそれを使って田名網を殺害したんだ」

「いえ、それがそう簡単にはいかないんです」

何を騒ぐ必要がある、とばかりに〝疑問の指紋〟を一蹴した捜査主任に対し、もう一人の捜査官が申し訳なさそうに口を挿んだ。

「自分はその凶器の出所を調べているのですが」

「まだ何か問題があるのか」

捜査主任が怪訝そうに問い質すと、

「あの山岳ナイフはかなり特殊な物で、製品番号や型番が決まっています。従って凶器の購入先は直ぐに分かりました。店員の話によれば、五〇過ぎの男が買い求めたそうです。店員がその男の顔をよく覚えていましたので、いずれ似顔絵かモンタージュ写真が出来上がると思いますが」

「だったら犯人逮捕も近いな」

「はあ」――担当の刑事は、一旦曖昧《あいまい》に同意したものの――「ですが主任、その男がナイフを購入した日付に問題があるんです。帳簿によれば、それは七月二四日。つまり芙路魅の遺体が発見された三日後なんですよ」

会議室が再び騒がしくなった。しかしもう一喝する者はいない。今の一言で捜査主任の「推理」は完全に覆《くつがえ》されたのだ。

「芙路魅の遺体は、発見された当日二一日に親族の元へ帰されています。関係者に確認したところ、その晩通夜が行われ、翌二二日本葬が行われたとの事ですが」

葬式は、男が山岳ナイフを購入する二日前に終わっている。彼女は既に火葬されていた。灰になっていたのだ。ナイフに芙路魅の指紋をつけるのは絶対に不可能なのである。

「芙路魅の指紋は、一九年前の事件の時にも検出されています。路夫が凶器として使用した包丁には、路夫以外に妻の芙美、娘の芙路魅の指紋も付着していましたから。念のため、それとも比較しましたが、勿論同一人物でした……」

担当捜査官が報告を続けるが、その声はもう誰の耳にも届かなかった。

「芙路魅は、生きているのか」

会議室の其処彼処《そこかしこ》でそんな会話が飛び交った。

他にどう考えればいいのだ。この世に同じ指紋は二つと存在しない。これは犯罪捜査の常識だ。仮令《たとえ》遺伝子が同一の一卵性双生児であっても。

翌日新たな捜査班が結成された。遺体で発見された芙路魅が、本当に火葬されたのかどうかを調べるためである。

死体が生き返る訳がないし、灰になってしまった人間が凶器を握れる筈がない。だとしたら遺体を何処かへ運び去り、その指紋を凶器に付着させたと考えるのが、常識的な判断というものだろう。

「弓削教授が、芙路魅の死体を摩《す》り替《か》え、別の場所へ隠したのではないか」

それが一夜明け、平静を取り戻した捜査陣の大方の意見である。

可愛い孫娘の死体を冷凍保存して、毎夜眺めているのでは——そんな薄気味悪い事を考える者さえ居たほどだ。

だが結果は、「芙路魅の遺体は間違い無く荼毘《だび》に付されている」というものだった。

遺体の受け取り人は弓削教授だが、その時から既に南條家の関係者も同行している。その後の葬儀もほぼ南條家主導で行われており、通夜から火葬に到るまで、芙路魅の周囲には常に二人以上の関係者が居たらしい。

捜査班はご丁寧に火葬場の焼却炉まで調べた。もしかしたら抜け穴があって、そこから遺体を運び出した可能性だってあるではないか。残念ながら、そんな仕掛けなどなかったが。

結論は出た。それも動かし難《がた》い事実として。

遺体を摩り替えるなど不可能だった。南條芙路魅は間違い無く死んだ。そして灰となったのだ。

それなのに、何故凶器のナイフに彼女の指紋が残っていた⁉

†

「おい。鑑識が終わるまで、やたらと現場を徘徊《うろつ》き回るんじゃない」

いきなり飛び交った怒声に東雲は我に返った。

曽我の指先が、真正面の壁から右側の壁面へ移動した途端、捜査主任が叱りつけたのだ。頭を下げて階段付近へ戻る曽我に、東雲が苦笑を噛み殺しながら、

「秘密の抜け穴か何かが有ると思ったんですか」

執《と》り成《な》すように声をかけるが、上司に怒鳴られたばかりの曽我は、曖昧に口元を綻《ほころ》ばせながら首を傾げるだけだった。

敦賀野雹吾は語る

芙路魅……。

この子が芙美の娘である事は直ぐに分かりました。何でも、南條物産のエリート社員だった大学教授の息子を婿養子に迎え、その間に産まれた一粒種だそうです。

芙路魅の存在は、何とも不思議なものでした。

私は彼女の学力向上に力を尽くしました。まるで嘗《かつ》ての罪を償《つぐな》うかのようにね。そう、芙路魅は私にとって、幼い恋心への郷愁を掻《か》き立てるだけではなく、悔恨と自責に塗りたくられた過去を修正《リメイク》する存在でもあったのです。

あの子にもそんな気持ちが通じたのでしょうか、次第に打ち解けて塾以外に、一二階建てマンションにある私の部屋へも訪ねて来るようになりました。勉強だけでなく、学校での悩み事の相談にもね。

考えてみれば、あの時が一番楽しかったですよ。

芙路魅が突然、奇妙な事を口走るまではね。そう、全てはあの時から暗転したんです。

ある日いつものようにマンションへ顔を出した彼女が、あの細い指先を此方《こちら》へ向けながらこう言ったのです。

「ねえ先生。この指輪、綺麗《きれい》？」

全身が凍りつくほど愕然としました。芙路魅がまるで昔の傷を穿《ほじく》り返すような事を言ったのは勿論ですが、それ以上に驚いたのは、誇らしげに翳《かざ》す彼女の指には何も無かったからです。

「どう？　綺麗でしょう。これ、ママに戴《いただ》いたのよ」

その邪気無《あどけな》い声に籠《こ》められた決して逆らえぬ響きに、私はこう答えざるを得なかったのです。

「ああ、とても綺麗だね。芙路魅によく似合っているよ」

それ以来、彼女は時折私に同じ事を訊ねるようになりました。この指輪綺麗？　と、何もつけていない指先を見せながら。

一度ならず芙路魅を窘《たしな》めようとした事があります。君の指には何も有りはしない、とね。だけど口に出した事はありません。子供時代の空想癖など気にする必要無いと思ってね。

あの子の奇妙な空想癖が始まってから一ヵ月ほど経った頃でしょうか。マンションへ戻ると、確かに施錠した筈の鍵が開けられ、玄関には芙路魅以外の小さな靴が何足も散らばっていました。居間《リビング》から数人の子供の声まで聞こえます。

不審に思いながら覗いて見ると、芙路魅と彼女より年少の子供達数人が、思い思いにお喋りしたりゲームに興じたりしているではありませんか。

芙路魅の仕業です。

彼女が近くの公園にいた子供達を集めて、一緒に遊んでいたのです。芙路魅は、部屋の鍵が扉横の水道メーターの蓋《ふた》の下に隠してある事を、いつの間にか知っていました。

あの子を叱ったか、って？

叱る必要がどこにあるのですか。自分より小さな子供と遊んでいるだけです。面倒見の良い、優しいお姉さんと思う以外に何が出来ると言うんですか!?

それ以降、部屋へ戻ると子供達が遊んでいる光景に出会う事が度々《たびたび》ありました。そうそう、芙路魅から塾に電話が入り、マンションへ戻るのなら、その前にお菓子を買ってきて欲しいと強請《ねだ》られた事もありましたっけ。勿論、子供の人数分のお菓子を。

そんな事が続いたある日、外出先から部屋へ戻ると、奥から何やら言い争う声が聞こえました。大声で叫んでいるのは芙路魅です。

慌てて居間へ飛び込んで吃驚《びっくり》しました。あの普段は大人しい芙路魅が、小さな子供の襟首を摑んで怒鳴り散らしていたのですから。

「誰よ、誰なの!!　私の大切な指輪を盗んだのは!!」

その形相の凄まじさに、その場に居た男女合わせて四人の子供達も、死人と見間違えんばかりに蒼褪《あおざ》めていました。大人の私でさえ一瞬怯《ひる》んだほどに。

それでも——

いいですか。私は今、四人の子供と申し上げたんですよ。四人とね。これを忘れないで下さい。絶対に忘れないで。

——それでも何とか彼女を子供達から引き離し、事情を問い質しました。すると、芙路魅はあの繊細な指を目の前に突きつけ、

「先生、私の指輪が失《な》くなっちゃったの。いくら捜しても見つからないのよ。きっとこの子達の内の誰かが隠したんだわ」

話している内に彼女の瞳から涙が溢《あふ》れ始めました。泣いて私の胸に縋《すが》りついて来たのです。でも私は何と答えたら良いのでしょう。だって、元々有りもしない指輪なんですよ。

只管《ひたすら》宥《なだ》めながら、

「とにかく、僕がもう一度部屋の中を捜してみるか

ら。今日は皆を連れてもう帰りなさい」

一瞬、芙路魅は不満そうな表情を見せたものの、直ぐに涙を拭《ぬぐ》うと、

「分かったわ。でも必ず見つけてね。あれは私の大切な指輪なんだから。約束して」――そう小声で囁き、私が頷くのを確かめてから子供達へ振り返り――「ご免ね、大声を出したりして」

幼い子供達も優しい表情に戻った芙路魅に安心したのか、揃って部屋を後にしました。後は百貨店《デパート》辺りで適当な指輪を見つけ、それを芙路魅に買い与えてあげればいい。部屋に落ちていたのを拾ったと偽って。

当時は、まさかこれがあの忌まわしい事件に発展するなどとは、夢にも思いませんでした。

Fujimi――一九九二年

一〇月一六日――木場《きば》美津子《みつこ》(27)

美津子はマンションに着くと、正面玄関《エントランス》にある自分の郵便受けを開けた。

郵便物は一通の茶色い封筒だけだった。エレベーターを待ちながら封筒を裏返した途端、眉根を寄せた。宛名の記載がなかったからだ。

(また、あいつからかしら)

エレベーターを降り、自室へ戻ってから慎重に封を開けた。中に入っていたのは、一ヵ月後に迫っている結婚式への招待状の返信と、有り触れた便箋だった。

返信用葉書の差出し人欄には、その日の花嫁である筈の自分の名前が書かれている。そして「出欠

欄」には「欠席」の方が、血を連想させる赤い線で囲まれていた。

美津子は額を曇らせ、不快げに唇を噛み締める。

(本当に陰湿な奴)

あの男が触れた物と思うだけで、葉書が穢《けが》れているような気さえした。

便箋を一瞥《いちべつ》し、そのまま読まずに捨てようかとも思った。読めば相手の思う壺だろう。だが誰からであれ、自分宛に届いた書簡を目も通さずに処分する事は、女の好奇心が仲々許してくれない。

迷った末、汚い物でも触るように指先で便箋を広げ、神経質なほど細かい字が書き込まれたその中身を見た。


〈これは、北海道で本当に起きた出来事です。

その学校に〝京子さん〟と言う「苛《いじ》められっ子」が居ました。毎日、机や黒板に悪口書かれたり、教科書や下履き、上履きを隠されたり、同級生達から無視されたり。

連日続く執拗な苛めに、京子さんはとうとう頭が可変《おか》しくなってしまいました。そしていつも一番酷《ひど》く自分を苛める三人を道連れにして、自殺してやろうと思いついたのです。

決行されたのは、卒業式の前日。

古い木造校舎の実験室に三人を誘い込み、内側から鍵を錠《か》けて誰も出られなくしてから部屋に火をつけました。

吃驚《びっくり》した三人は、京子さんから鍵を取り上げようとしたのですが、京子さんは取り上げられる前に鍵を飲み込んでしまったのです。これでもう誰も逃げられません。

しかし三人は諦めませんでした。

京子さんに襲いかかり、押えつけ、一人が隠し持っていたカッターナイフで彼女のお腹をグサリ。まだ生きている京子さんのお腹を裂いて内臓を無理矢理取り出し、飲み込んだ鍵を奪ったのです。

三人はその鍵を使って、命辛々《いのちからがら》古い校舎から逃げ出しました。

だけど実験室から飛び出す時、三人はまだ息のある京子さんがこう叫んだのをはっきりと耳にしていたのです。

「必ずこの怨みは晴らしてやる」

闇のように暗くて、沈むように重くて、まるで地の底から響くような怨みの籠《こも》った声だったそうです。

結局校舎は焼け落ちて、その跡から京子さんの焼死体が発見されました。

当然、警察も動きました。でも火をつけたのは京子さん、腹を裂かれて死んでいたのも京子さん。何が起こったか全然分からず、結局自殺で処理されたのです。

苛めっ子の三人は、まんまと罪を逃れて翌日には卒業。その後は其々《それぞれ》別の土地の大学へ進学し、別の土地の会社へ就職したそうです。


でも京子さんの無念は晴れた訳ではありません。今でも悪霊となって三人を追い続けているのです。

「必ずこの怨みは晴らしてやる」——そう叫び続けて。

さあ、貴方もこの話を聞いた以上、もう無事では済みません。

今日から一週間以内に、この手紙と同じ話を五人の人に話すか、同じ内容の手紙を五通作り、それをポストへ投函して下さい。忘れてはいけません。一週間以内に五人です。

何故かって?

これは〝京子さんの呪い〟というお話です。話そのものに〝呪い〟が籠《こ》められているのです。

京子さんの悪霊は、この話と共に世界中を彷徨《さまよ》って、自分を酷い目に遭わせた三人を捜しているのです。復讐するために。

だから、もしこの話の伝播《でんぱ》を止めたりすると、京子さんは止めた奴を三人の中の一人と思い込んで、京復讐にやって来るのです。嘘ではありません。

名古屋の方にこの話を莫迦にして、話の伝播を止めた人が居ます。その人は期限の切れた一週間後に死体となって発見されました。生きたまま、お腹を切り裂かれて。

ですから絶対に話の伝播を止めてはなりません。宜しいですね。一週間以内に五人です。そうしないと……〉

美津子は読み終わると同時に便箋を破り、ごみ箱へ投げ捨てた。

一〇月一一日——築地《つきじ》俊勝《としかつ》（27）

鷹野台《たかのだい》総合病院の麻酔科医（と言っても、まだ研修医だが）築地俊勝は、マンションの七階にある自分の部屋に、誰かが訪ねて来た気配を感じた。

腕時計を見ると、もう午前零時になろうとしている。読みかけの本を机に置き、玄関へ向った。


玄関には女性が立っている。

洋服の一部が綻《ほころ》び、所々に泥がついていた。髪も乱れ、頬や額の擦り傷が痛々しい。無残に破れたストッキングから覗く内腿には、スカートの奥から滴《したた》り落ちた血が一筋流れている。

「お兄ちゃん……」

掠《かす》れて今にも消えそうな声でそれだけ言うと、呆然として立ち竦《すく》む俊勝の胸に縋《すが》りついて来た。


「何があったんだ」

長椅子《ソファ》に腰を下ろし、目に涙を浮かべる彼女に珈琲《コーヒー》を勧めながら、努めて優しく声をかけた。

五歳年下の妹＝百合子《ゆりこ》——それは俊勝にとって宝物のようなものだった。

今でも憶えている。百合子が小学校へ入学してからというもの、彼女を自転車の後ろへ乗せ、学校まで連れて行くのが俊勝の楽しい日課だったのだ。

途中から車が一台、やっと通れるような田舎の山道になる。片側が岩壁、もう片側が崖になった坂道だ。汗を拭《ぬぐ》いながら後ろを振り向くと、大きな可愛らしい目を潤ませて微笑む。

　そう言えば、ある雪の日の事……

「知っているでしょう、私が功《いさお》さんとつき合っていた事」

　涙に掠れた声が、洋卓《テーブル》を挟んで長椅子の向い側へ腰を下ろそうとしていた俊勝を、回想の世界から現実へ引き戻した。

　功とは、彼が勤めている鷹野台総合病院の院長の息子＝押上《おしあげ》功の事だ。はっきり言って典型的な二代目で、親の七光がなければ、とても医師免許など取れなかっただろう。

　女癖の悪さも有名だ。手を出した女性患者や看護婦は数え切れない。いや、若くて美しければ、病院に勤務する医者の妻やその娘にも。

（あの莫迦息子。病院に関係する女は、全部自分の言い成りだと思っているんだ）

　常日頃からそう思って軽蔑していた。そして――どんな機会に目をつけたのかは知らないが――功は彼女にも白羽の矢を立てた。

　俊勝は「あんな男とは別れろ」と何度も忠告した。だが若い娘に、大病院の御曹司という肩書きは魅力的だったのだろう。散々遊ばれた挙句、結局は捨てられた。

　確か鷹野台総合病院の看護婦・木場美津子と来月結婚する予定だ。病院を挙げての祝宴にする心算なのか、俊勝の元へも功の名義で結婚式の招待状が届いている。

「私、功さんの子供を身籠っているの」

　自分用に用意した珈琲を、口へ運ぼうとした俊勝の手が止まった。

「功さんも知ってるわ。先週、会って打ち明けたから」

　あの碌《ろく》で無しは何と言った――口に出さず、視線で先を促《うなが》した。

「金を渡して、『堕胎《おろ》せ』の一言だった」

だが彼女は産む決意《つもり》だったらしい。相手に隠してでも。残念ながらその気持ちは、俊勝には到底理解出来無かった。あんな奴にそこまで惚れていたかと思うと、怒る気力さえ萎《な》える。

「今夜、会社からの帰り道に待ち伏せされたのよ。知らない男の人ばかりの三人組に」

俊勝は声を呑み込んだ。

人気の無い暗い道で、その三人組にいきなり襲われたと言う。狙ったように腹を何度も殴られ、崩れるように倒れると、今度は足で踏まれたり腰の辺りを蹴り続けられたらしい。

お腹の子を狙っているのは明らかだ。口にこそ出さなかったが、俊勝はそう確信した。すると犯人は――

「流産したかも知れないわね。功さんの思惑通り」

「病院へ行っていないのか」

顔を俯《うつむ》かせ、視線の定まらぬままゆっくりと首を横へ振る。俊勝は電話でタクシーを呼び、直ぐに病院へ行くよう言い諭《き》かした。

彼女をマンションの外で待つタクシーまで送ってから、俊勝は再び一人で机に向う。だがもう読みかけの本を手に取る気は失かった。

(犯人は功に決まってる。あいつがその三人組を雇って、百合子を襲わせたんだ)

悲しみは怒りの焰に掻き消され、憎悪だけが頭の中を支配する。

(功だけじゃない。美津子、許嫁《いいなずけ》の木場美津子だって同罪だ)

美津子は嘗て俊勝の恋人だった。だが病院長の息子である功に言い寄られると、あっさり自分を捨て、あいつに乗り換えたのだ。

勿論、功がどんな男かを教え、何度も復縁を訴えた。だが美津子は聞く耳を持つどころか、明々様《あからさま》に蔑《さげす》むような視線を浴びせ、冷たく鼻で愚遇《あしら》うだけだった。

（元々そういう女だったんだ、美津子は）

自分勝手で高慢で、男を損得勘定だけで天秤にかける。それがあの女の本性なのだ。

美津子の仕打ちはそれだけに留まらなかった。昔の彼氏だった俊勝の存在が功との結婚の障害になり始めるや、病院内に善からぬ噂を流し始めたのである。

「麻酔科の築地が最近、私に憑《つ》き纏《まと》っている」とか「私に脅迫めいた手紙を書いて送ってくる」、挙句に「私ばかりではなく、最近は功さんの悪口を、彼方《あっち》此方《こっち》で言い触らしている」。

（あいつは俺を追い出すために、嘘八百を功や病院長の耳へ吹き込んだんだ‼）

美津子の部屋の前で帰りを待っていたのは、彼女に話したい事があったからだ。手紙だって脅迫なんかじゃない。功の本性に気づかずに蹈《のめ》り込んで行く彼女の目を醒ますには、これしかないと思っての行動だ。

非道《ひど》い別れ方をしたとはいえ、嘗ては愛し合っていた相手なのだ。愚かな行動は謹《つつし》んで欲しかった。

（それを逆手に取って……）

抑々《そもそも》あんな女に善意で接した事自体、間違いだったのだ。

俊勝は結婚式が終わった後、病院を退職する事になっている。いや、そうせざるを得なくなってしまったのだ。二週間前、副院長に呼ばれ、

「君について、いろいろ悪い噂を耳にしてね」

俊勝は声を荒らげて反論した。しかし副院長は「勿論、私もそんな噂は誹謗《デマ》だと思っているが」などと分別臭い言い方をしながらも、「しかし病院の今後の運営を考えると」。

早い話が彼に辞めて欲しいという事だ。俊勝は美津子に、病院の職を奪われたのだ。そして今夜は、功の差し金で邪魔になった自分の大切な妹が襲われた。

（奴等、どこまで俺達兄妹を‼）

憎悪の焔は、やがて殺意の青白い火柱へと変わった。

一〇月二三日——鷹野台総合病院

木場美津子は、看護婦詰め所《ナース・ステーション》で一人珈琲《コーヒー》を啜《すす》っていた。今晩は夜勤だったのである。

間も無く日付も変わろうかとした時、見知らぬ看護婦が現れた。新人だろうか。彼女も手に、美津子と同じ白い陶磁器の珈琲碗《カップ》を持っている。年齢は美津子より五、六歳若く見えた。

「始めまして」

女は明るい声で挨拶すると、深々と頭を下げた。

「今夜の当番は、春日《かすが》さんじゃなかったかしら」

美津子がいくらか不審げに問い返すと、

「急用で交替したんです」

そう言いながら、小さな洋卓《テーブル》を挟んで彼女の直ぐ向かいに座る。

「新人さんみたいね」

「ええ、三日前に配属されたばかりですから」

疑惑の氷解しない目で更に何か問い質そうとした時、電話が鳴った。立ち上がろうとする美津子を手で軽く制し、女が電話機へ小走りに向う。

「はい。鷹野台総合病院でございます」

如何にも新人らしい明るい声で答えると、

「えっ？　木場……木場美津子でございますか？」

視線が美津子の方へ流れる。眉根を寄せながら、立ち上がって受話器を受け取ると、

「もしもし。お電話替わりました」

だが受話器の向うから返事は無い。

「もしもし。どちら様ですか」

語気が心持ち荒くなった。するとそれを合図にしたかのごとく、電話が途切れる。受話器からは無味乾燥な待機音が流れるだけになった。

「ねえ、誰からの電話だったの」

受話器を下ろしながら、女の方へ向き直った。だが彼女も首を傾げ、

「さあ。男性の方からでしたけど」

また、あいつ＝築地俊勝からの電話だろうか。

（執《しつ》拗っこい奴）

頭の中で吐き捨てながら、眉を不快そうに顰《ひそ》める。それから洋卓の前に座り直すと、珈琲を一口啜ってから、

「まだお名前を伺っていなかったわよね。あなた、何て仰るの」

再び不審は目の前にいる女へと移った。だが女は軽く口元を綻ばせただけで、答えようとしない。

「ねえ、聞こえなかったの。あなたの名前は？」

不愉快な無言電話の後だけに、声がいくらか苛《いら》ついていた。

「私の言う事が分からないの。あなたの――」

「忘れちゃったの、私の事」

唐突に女が困ったような、それでいて揶揄《からか》うような含みを持つ声で答えた。

「忘れちゃったの、って」

あなたと何処かで会った事があったかしら。そう言い返そうとした途端、急に美津子は眩暈《めまい》に襲われた。目蓋《まぶた》も鉛のように重い。まるで睡眠薬でも飲まされたような。

「あなたが忘れても、私は憶えているわ。そう、絶対にあなたの事を忘れない。だって、ずっと捜していたんだから」

この女、何を言っているんだろう。

薄れ行く意識の中で、美津子は洋卓の上を見た。二つ並んだ同じ白い陶磁器の珈琲碗。その向うには、今にも吹き出しそうになるのを愉快そうに堪えている女。

（珈琲碗を摩り替えたんだ）

この女は看護婦詰め所《ナース・ステーション》に来る時、自分と同じ珈琲碗を持っていた。それに睡眠薬を仕込んでいたのだ。そして自分が電話に気を取られている隙に、それを取り替えた。

（でも、何故）

意識を失う寸前に美津子が聞いたのは、女の笑い声だったような気がした。

タマミ、タマミ……

（誰かが呼んでる。でも、タマミって誰？）

夢と現実の狭間《はざま》で、美津子はそんな事を考えていた。体が揺れているのは、その誰かが自分を揺さぶっているからだろうか。

タマミ、タマミッタラ……

最初に見えたのは、薄緑色の手術着を着た人物。マスクと手術帽の隙間から覗く目からして、女性らしい。美津子には、それが自分に睡眠薬を盛った、あの見知らぬ看護婦のように思えた。

何かを言おうとして、猿轡《さるぐつわ》を嚙まされている事に気がついた。吃驚《びっくり》して口に手を当てようとするが、今度は腕が動かない。何かに拘束されているのだ。

腕ばかりではない。足も動かなかった。ようやく自分が寝台《ベッド》の上のような場所に、大の字で縛られている事が分かってきた。

回復し始めた意識が、薄暗い部屋の様子を窺《うかが》う。壁に並ぶ見慣れた医療機器、鼻を突く薬品の臭い……手術室だ。此処は鷹野台総合病院の手術室だった。

そして美津子は、その手術台の上に白衣のまま拘束されている。

「ようやく目を醒ましたわね」

手術着を着た女が言った。

何か言い返そうとするが、猿轡に封じられて声を出す事が出来無い。険しい目で相手を睨み返した時、その背後に別の人物がいる事に気がついた。

腑《ふ》抜《ぬ》けたように腰を床に下ろし、壁に凭《もた》れている。やはり薄緑色の手術着を纏《まと》っていた。此方《こちら》を見詰める虚ろな視線から、美津子にはそれが築地俊勝である事が分かった。

（やっぱりこいつの仕業だったんだ）

嫌悪感で虫唾《むしず》が走った。自分をつけ回し、脅迫紛《まが》いの悪趣味な手紙を送り続ける変質者。此奴《こいつ》、とうとう頭が可変しくなってこんな事を仕出かしたんだ。

だが頭の中で毒づくのもそこまでだった。俊勝の横に、今夜美津子と共に夜勤をする予定だった看護婦・春日明子《あきこ》の姿が見えたのだ。やはり俊勝同様、床へ腰を下ろしていた。

美津子を凍りつかせたのは、春日の喉が鋭い刃物で掻き切られ、白目を剝《む》いたまま絶命していた事だった。

「珠実」

女の声で、肩が痙攣《けいれん》したように震えた。また〝珠実〟だ。

「憶えているでしょう、あなたと久雄と邦彦が私に何をしたのか」

（知らない‼　私、珠実なんて女知らない。あなた、何を言っているの⁉）

美津子は必死で首を横に振り続け、猿轡の間から声を漏らそうと悶踠《もが》くが、

「恍《とぼ》けても無駄よ」

女は冷たく言い放った。

「忘れたなんて言わせないわ。六年前、私と珠実達が体育館の倉庫に閉じ込められ、火をつけられた時の事よ」

（知らない。何の事？）

「火は忽ち燃え広がり、倉庫の中は煙が渦巻いていたわ。でも誰も逃げられない。倉庫の鍵は私が飲み込んじゃったから。そう、鍵は私のお腹の中にあった。そうだったわよね、珠実」

女はそっと手袋を着けた手で、美津子の頰を撫でた。

「あなた達って、本当に酷い人達だわ。煙と焔が迫ると、自分達だけが助かりたい一心で私を犠牲にしたのよ。それも口に出すのさえ悸《おそ》ましい、残酷なやり方でね」

冷静を装う、低く抑えるような声だ。だがその裏

には今にも破裂しそうな憎悪を秘めている。

「硬式野球の硬球で硝子を割ったのは久雄だったかしら。私を押えつけていたのは邦彦よね。そしてその割れた硝子の破片を摑んで、私のお腹を切り裂いたのはあなたよ、珠実!!」

女はいきなり美津子の髪を鷲摑みにすると、毛根から髪を毟《むし》り取るほどの勢いで、頭を激しく揺さぶった。

「そしてあなた達は、私のお腹の中から鍵を取り出し、倉庫から逃げ出した。血塗《ちまみ》れで苦しむ私をほったらかしにしてね」

それからマスクで隠された唇をそっと美津子の耳元へ寄せると、

「私、あの時に誓ったの。〝必ずこの怨みは晴らしてやる〟って。あなた達三人を見つけ出し、必ず復讐してやる、って」

(知らない。私、本当に何も知らない)

涙を浮かべた目で訴える美津子の髪の毛から手を離すと、女はゆっくりと手に持った鋭いメスを彼女の鼻先へ突きつけた。

「ねえ、珠実。生きたままお腹を切り裂かれるって、どんな気分だか分かる?」

切れ味を誇示するかのごとく輝くメスを見て、美津子は恐怖の余り意識を失いそうになった。この女まさかこれで私を——

「地獄の苦しみなんて生易しいものじゃないわ。うん、私、あの時はいっそひと思いに地獄へ落として欲しかったぐらい。でもあなた達は、直ぐに私を楽にしてくれなかったわよね」

女はゆっくり位置を移動してから、いきなりメスを美津子の白衣に当てた。それから上着の釦《ボタン》を一個ずつ切り落としていく。

「倉庫に一人取り残された私への責め苦は、あれからも果てし無く続いたのよ。お腹の激痛に責め苛《さいな》まれ、煙に燻《いぶ》され、焔に包まれながらね」

メスが披《はだ》けた白衣の下へ伸び、下着を裂いて腹部

を剥き出しにしていく。そしてその露わになった腹を、愛撫するように撫で回しながら、

「でも大丈夫。私はあなた達のような残酷な人間じゃないわ」

いきなりメスが柔らかい皮膚に喰い込み、その裂け目から鮮血が噴き出した。美津子は一瞬激痛に襲われたと思い、目を閉じたが、

「どう、珠実。痛くないでしょう。局部麻酔を施《ほどこ》してあるの。意識はあってもお腹は少しも痛くない筈よ」——それから未《いま》だ痴呆のように呆然とする俊勝に一瞥《いちべつ》をくれて——「これも腕の良い麻酔科医さんのお蔭《かげ》ね。感謝しなくちゃ。ねえ、お兄ちゃん」

女は更にメスを深く喰い込ませると、そのまま腹部に真っ赤な一文字の裂け目を刻んだ。忽ち肉の亀裂から溢れ出る温かい生血が、寝台から床へと滴り落ちる。

美津子は、自分の腹がまるでケーキにナイフでも入れるように切り開かれていくのを眺めていた。精神力の限度を超えた恐怖に、目は目蓋《まぶた》を弾き飛ばすほど大きく見開かれたまま。

不思議な眺めだった。痛みは感じない。切開されていく腹部は、自分でありながら自分でないのだ。今自分は何をされているのだろう。

(何だか、鯉の活造りみたい)

次第に息遣いが荒くなる中、美津子の頭にそんな思いが去来した。

そうだ。己の身を切り裂かれ、お皿の上に綺麗に並べられながらも鯉はまだ口をパクパク動かしている。あれって、今の自分そっくりだ。

頭の中に笑い声が響き始めていた。最初は小声で囁くような響きだったのに、次第に大きくなり、今では脳味噌全体が笑っているようだった。

脳内麻薬の効果だろうか。目の前で繰り広げられる狂気じみた光景と死の恐怖に蝕《むしば》まれるより、美津子の本能は慈悲深い錯乱の世界へ身を投ずる道を選んだのだ。

「ねっ、全然痛くないでしょう。言ったじゃない。私はあなた達のような残酷な人間じゃないって」

女は目を細めながら、メスを動かし続ける。

俊勝は床に座ったまま、黙って惨劇を見詰めるだけだった。

（嘘だ。こんな事が現実の筈がない）

そうだ。こんな事が本当に起こる筈がない。俺は夢でも見ているんだ。俊勝にはそうとしか思えなかった。

確かに俺も美津子が憎かった。一昨日、百合子が襤褸《ボロ》切れのようにされた時は、功諸共《もろとも》殺してやろうとさえ考えた。だから今度の計画を立てたんだ。

今夜、美津子が夜勤である事は事前に知っていた。だから百合子が看護婦に成り済まし、美津子に接近するように仕組んだのだ。睡眠薬入りの珈琲を持って。

そこで自分が看護婦詰め所へ電話をかけ、彼女が気を取られた隙に珈琲碗を摩り替える。そして睡眠薬入りの珈琲を飲んで昏睡状態に陥った美津子を、この手術室へ。

それが俺の計画だった。

いや、百合子が考えた計画だったっけ？　俺はただ妹の言われる儘《まま》に……？

まあ、そんな事はどっちでもいい。

とにかく一晩二晩考えて、俺も冷静になった。いくら何でも殺す必要はない。二度と俺達兄妹を苦しめないように、脅しをかければそれで良かった。

それが、どうしてこんな事に。

計画に狂いが生じている事を知ったのは、百合子が看護婦の制服に着替え、俺がこの手術室で待機していた時だ。室内へ忍び込んだ途端、目に飛び込んだのが春日明子の死体だった。

今夜のもう一人の夜勤。春日も睡眠薬で眠らせる予定だったのに、妹は彼女を殺してしまったのだ。それも首が千切《ちぎ》れ落ちるほど深く喉を切り裂いて。

後はもう何が何だか分からなくなっていた。百合子に命じられる儘、睡眠薬で昏睡していた美津子を手術室へ運び込み、言われる儘に局部麻酔を施した。

美津子が目を醒ました時、俊勝の混乱は更に激しさを増す。

(珠実？　久雄？　邦彦？　誰なんだ、そいつ等は)

彼女の口から飛び出すのは、聞いた経験《こと》の無い名前ばかり。それに体育館の倉庫とか、お腹の中の鍵とか、まるで意味不明な話が続くのだ。

そして混乱の果てに、今は目を疑うような光景が繰り広げられている。

(百合子、お前何をしている？　どうしてそんな恐ろしい事が平然と出来るんだ)

五歳年下の妹＝百合子――それは俊勝にとって宝物のようなものだった。

今でも憶えている。百合子が小学校へ入学してからというもの、彼女を自転車の後ろへ乗せ、学校まで連れて行くのが俊勝の楽しい日課だったのだ。

途中から車が一台、やっと通れるような田舎の山道になる。片側が岩壁、もう片側が崖になった坂道だ。汗を拭いながら後ろを振り向くと、大きな可愛らしい目を潤ませて微笑む。

そう言えば、ある雪の日の事……

「死んじゃったわ」

困惑したような声に、俊勝は我に返った。恐々《おそるおそる》見上げると、そこには手術着を返り血で汚した彼女が、メスを握り締めたまま自分を見下ろしている。

「お兄ちゃん。彼女、死んじゃったわよ。でも、どうして？　ちゃんと麻酔をしてあったのに、どうして死んじゃったの」

「輸血していなかったからだよ」

震える唇で俊勝が答えた。

「輸血？」

「出血多量で死んだんだ。本当の手術なら、ちゃんと輸血したり抗生物質を大量に与えたりして――」

「何故、輸血の準備をしてくれなかったの」

尚も問い質されるが、俊勝は怯えたように、

「無理だ。俺は麻酔科医で外科医じゃない。そこまではとても手が回らないよ」

「役立たず!!」

冷たい声が、止《とど》めを刺した。

「せっかくこの女に、自分の腸臓《はらわた》が引き摺り出されているところを見物させてやろうと思ったのに」

肩を震わす俊勝の目から、大粒の涙が零《こぼ》れ落ちた。

(百合子、お前、そんな残酷な仕打《こと》を謀《たくら》んでいたのか。お前いつからそんな恐ろしい女になったんだ)

錯乱した俊勝の意識は、再び回想の世界へ逃げ込んだ。

憶えているだろう、ある雪の日の事。積もった雪に自転車の車輪を滑らせて転んだ事があったっけ。あの時は危なかったよな。何しろ二人揃って……。

(二人揃って……、どうなった?)

突然閉ざされていた記憶の門が、微《かす》かに開いた気がした。

そうだ。あの雪の日、百合子を乗せていた自転車は滑って転倒し、そのまま二人は崖から落ちたのだ!!

転がるように転落しながらも、俺は片手で崖の途中に生えた木を掴み、もう片方の手で百合子の細い腕を握り締めた。そして助けが来るのを待ち、道に転がっている自転車を見て異変に気づいた通りすがりの大人達に助けられ……

(いや、違う)

そうじゃない。確かに通りすがりの大人達によって、自分は助けられた。だが百合子は? 崖から助け上げられた時、傍に妹は居たか?

(居なかった。あの時、百合子は俺の傍には居なかったんだ)

ようやく全てを思い出した。

あの時、早朝の田舎道に助けは仲々現れなかっ

た。俺は大声で助けを求めながら、必死で妹の腕を握り続けたのだ。絶対にこの手だけは離さないと誓って。

だが体力にも限界があった。指先が痺《しび》れ、次第に感覚が麻痺し、力が抜けて行く。そしてそれが頂点に達した時、妹の腕は俺の使い物にならなくなった指から滑り落ちた。

異変に気がついた通行人が、崖下にいる自分を見つけたのはその直後だった。俺はその場で助け上げられ、百合子は数時間後に遺体で発見されたのだ。もう数分、いやもう数秒我慢してあの子の腕を掴んでさえいれば、百合子も死なずに済んだ筈だ。俺が妹を死なせてしまった。俺が百合子を殺してしまったんだ!!

「本当に役立たずなんだから」

女の嘲《あざけ》るような声が俊勝を責める。

(そうだ。俺は役立たずだ。可愛い妹を助ける事も出来無い、木偶《でく》の坊同然の兄貴だった。俺が百合子を殺したんだから)

「せめて少しは役に立って貰うわよ、お兄ちゃん」

今や放心状態となった俊勝の傍に、女が腰を屈《かが》めた。そして彼の着用していた手術着を脱がせ、代わりに自分の血に汚れた手術着を着せ始めたのだ。

俊勝は何の抵抗もせず、ただ涙を流しながら女の顔を見詰め続けるだけだった。

(妹は死んだ。百合子は俺が殺した。もうこの世には存在しない。だとしたら、この女は誰だ? 俺の記憶の隙間《すきま》に紛《まぎ》れ込み、俺の事を「お兄ちゃん」と呼び、妹と信じ込ませていた女。こいつは一体何者だ?)

着替えを終えた見知らぬ女は、立ち上がるとそのまま手術室を立ち去ろうとした。

「待ってくれ」

女が手を扉《ドア》へ伸ばした時になって、ようやく喉の奥から渇いた声を絞り出す。

「お前、誰だ」

手術室が短い沈黙に包まれた。血塗れの手術着を着せられた俊勝の方へ向けられた肩が、微かに笑っているように見えたのは錯覚だろうか。

「私？」

口を半開きにしたまま、死んだ魚のような目を向ける俊勝の方を振り返ると、

「私は京子、三田京子よ」

そう言い残して手術室を後にした。

一〇月二四日――曽我重人

曽我は、部屋の柱に貼りつけてある日捲《ひめく》りカレンダーから、一枚を破り捨てた。

大学の提出課題《レポート》を作成している内に、二三日は終わってしまった。もう二四日の午前二時になろうとしている。

一段落して、用意した紅茶を啜りながら、ラジオの電源を入れた。深夜放送を聞くのは、高校時代の受験勉強以来だ。丁度DJが聴取者《リスナー》から送られた葉書を読んでいる最中だった。

「次の葉書は、東京都にお住いの……匿名希望さんだね。おっ、怪談か。仲々面白そうだなあ」――途端にラジオからは、陰気臭い効果音が流れ始めた――「早速読んでみましょう。えーと〈これは、北海道で本当に起きた出来事です……〉」

聞いている内に、曽我はその話が高校の修学旅行で聞いた話と全く同じである事に気がついた。

修学旅行の夜と言えば、怪談話は定番だ。同室の中には、そういう話に詳しい奴が必ず一人か二人居る。蒲団《ふとん》を被って寝た振りをしながら、結構深夜まで聞き耳を立てていたっけ。

確か〝京子さんの呪い〟とか言っていた筈だ。懐かしさも手伝って、曽我は暫くラジオに聞き入っていた。

「〈必ずこの怨みは晴らしてやる!!〉」

話が佳境に入って来た所為《せい》か、DJの声も心なしか気合が入っているように思え、それが却って可笑

しくもあった。そして終盤に入った時、

「〈この話を莫迦にして、話の伝播を止めた人がいます。その人は期限の切れる一週間後に死体となって発見されました。生きたまま、お腹を切り裂かれて。それは東京のある大病院に勤める看護婦さんです〉」

これを聞いて、曽我はふと奇妙な違和感を感じた。

（東京のある大病院に勤める看護婦？）

自分が友人から聞いた時は、確か犠牲になったとされるのは〈名古屋の方〉の人だったような気がする。記憶違いだろうか、それとも口伝えに伝播していく過程で誰かが変えたのだろうか。

いつの間にか、ラジオからは派手なロックが流れ始めていた。

Fujimi——一九九九年八月三日③

弓削教授邸

曽我は相変わらず地下室内を見回している。遺体以外、何も無い地下室を何度も。

若いが熱心な刑事だ。東雲はそう思っている。自分は通常の捜査が終われば、後は自宅へ戻って疲れを癒すだけだ。だが曽我は違った。上司の命令に従うばかりではなく、独自の視点で事件を調べている。

その精力《エネルギー》が羨ましかった。

そう、あれは田名網殺害事件が起きてから五日後の七月三〇日……

†

田名網殺害事件が起きてから五日後の七月三〇日、捜査会議が終わった直後の事だった。曽我が東雲に「お話したい事があるのですが」と声をかけてきた。

二人は所轄署内の休憩室へ入った。

「少し気になる事があって、いろいろ調べたんですが」

お茶を用意し、粗末な洋卓《テーブル》を挟んで向かい合うと、徐《おもむ》ろに曽我は背広の内ポケットから茶封筒を取り出し、中から一枚のコピー用紙を抜き取った。

「一三年前の新聞記事の写し《コピー》です」

受け取った東雲の目に飛び込んだのは、火災事故の記事だった。

【高校の旧体育館、全焼／生徒四人死亡】

昨夕、県立雲龍山高校の旧体育館が全焼。火災現場から同高校の三年生、三田京子さん、一之江珠実さん、春日久雄君、入谷邦彦君以上四人の焼死体が発見された。現場は火の気の無い場所であり、警察と消防署では、放火の疑いもあるとして現場検証にあたっている……

「九州地区の地方新聞にしか載っていなかったので、捜すのに苦労しましたよ。国立図書館の新聞閲覧室へ通って——」

「雲龍山高校って、これは芙路魅が通っていた高校じゃないか」

目を丸くする東雲の声が、曽我の話を遮った。

慌てふためくように記事の日付を見直す。一三年前と言えば一九八六年。当時芙路魅は一六歳＝高校一年生だ。彼女はこの事件当時、雲龍山高校に在籍していた筈である。

「捜査を担当した所轄署へお願いして、詳しい事を教えて貰いました」

東雲はお茶を一口啜《すす》りながら、記事に何度も目を通した。

「四人の遺体は、いずれも旧体育館の倉庫で発見されています。現場検証の結果、倉庫は外から施錠されていた事が判明しました」

「閉じ込められてから、火を放たれたって事ですか」

記事から目を上げ、眉を歪めながら問い返す。それが事実なら、随分残酷な話だ。曽我は地元警察署から得た情報を書き記した警察手帳を取り出し、頁《ページ》を捲《めく》りながら、

「新聞には詳しく載っていませんが、死体には幾つか不審な点があったそうです。他の三人が一酸化炭素中毒で死亡しているのに、三田京子だけは鋭利な刃物のような物で刺殺されていました」

「一人だけ刺殺されていたんですか」

どういう事だろう。犯人は三田京子だけ凶器で刺殺し、その後三人を閉じ込めてから放火したのだろうか。それとも、三人の内の誰かが……

「それだけではありません。三田京子の遺体は酷く損傷していました。腹部を大きく切り裂かれ、臓器を引き摺り出されていたそうです」

「何ですって⁉」

椅子から立ち上がりかけたほど仰天《ぎょうてん》した。被害者の年齢こそ違うが、一九年前と同じような事件が、一三年前の九州にも起きていたのか。

興奮した東雲を宥《なだ》めるように、曽我は努めて落ち着いた口調で話を続ける。

「調査の結果、倉庫の窓硝子が割られ、その破片の幾つかに大量の血痕が付着している事が分かりました。恐らくは破片にハンカチでも巻いて柄の代わりにし、それを凶器にして彼女の腹部を切開したのだろうと」

「一体、その倉庫では何が起こったんですか。もし放火なら、犯人は逮捕されたんですか」

先を急かすように東雲が口を挿むが、

「結局、犯人は捕まりませんでした。真相は今以《いまも》って不明です」

全ては焔と黒煙の中に消えてしまったのか。拍子抜けしたように、肩の辺りから力が落ちていく。

「ただ雲龍山高校では、事件後奇妙な噂が流れたそうです」

「噂ですか」

東雲の目に、再び好奇心が戻った。

「三田京子は、一之江珠実、春日久雄、入谷邦彦の三人から執拗な苛《いじ》めに遭っていたというのです。どんな苛めを受けていたかと言うと……まあ、その辺りは曖昧ですけどね」

所詮噂ですから——曽我が苦笑を浮かべると、東雲も釣られて頬を緩めた。

「とにかく連日続く拷問のような高校生活に、とうとう京子は自殺を決意したそうです。でも、ただ死ぬだけでは三人への怨みは晴れません。そこで京子は三人を道連れにして自殺する方法を思いつきました」

曽我は一旦湯飲みを口へ運び、喉を潤した。

「京子は言葉巧みに三人を旧体育館の倉庫内へ呼び出し、全員が揃ったところで内側から鍵を錠《か》けて室内に火を放ちました。当然三人は、倉庫から脱出するために京子の手から鍵を奪おうとしますよね。しかし彼女は三人の見ている前で鍵を飲み込んでしまったのです。それが京子の計画でした」

「つまり〝三人を道連れにして自殺する方法〟がそれだったんですね。内側から施錠してから鍵を飲み込み、三人を逃がさないようにするのが」

東雲が相槌を打つように口を挿むと、

「忽ち室内が灰色の煙に包まれる中、既に正気を失っていた京子は、三人の前で勝ち誇ったように笑い続けたそうです」

曽我は頷きながら話を続けた。

「ところがそこで、京子が予想もしていなかった事態が起りました。迫り来る焔と死の恐怖に半狂乱となった三人は、京子を押えつけ、窓硝子を割ってその破片で彼女を刺殺したのです。

「そして更に腹を切り裂き、内臓を引き摺り出して飲み込んだ鍵を取り出そうとしました。しかし、やっと三人が鍵を手に入れた時は既に遅く、煙に巻かれて息絶えた。そんな結末だそうです」

　そこまで話してから少し間を空け、やや躊躇《ためら》い勝ちに、

「この噂には、〝京子は生きながら腹を裂かれるという責め苦を受けた〟という設定《ヴァージョン》もあるそうですが」

　曽我が話し終えると、二人の間に重い沈黙が訪れた。

　それは本当に只《ただ》の〝噂〟なのだろうか。施錠された倉庫に閉じ込められた四人、放火、そして腹を切り裂かれていた遺体。あまりにも事実と一致し過ぎている。

「京子が他の三人から苛めを受けていたという事実は確認されませんでした」

　東雲の心を見透かしたように、曽我がまた話を再開した。

「それに出火場所も倉庫の中ではありません。第一倉庫の鍵も室内ではなく、体育館の入り口近くで発見されています。黒焦げになっていて、指紋などは検出されませんでしたが」

「やはり単なる噂だったんですね」

　それにしても、犠牲者を愚弄する品性《たち》の悪い噂だ。東雲はそんなデマを流した奴に、腹の虫が納まらない気分だった。だが曽我はそんな気持ちを余所《よそ》に、急に声を潜《ひそ》めると、

「奇妙だと思いませんか。何故芙路魅の周囲には、こんな猟奇殺人が続いて起るのか」

　東雲の目が急に険しくなった。

「一九年前の事件が難航した原因の一つは、目撃者が極端に少なかったからだそうですね」

「ええ。翔君の場合、近所の公園で目撃されたのを最後に足取りが消えていました。一人で歩いているのも、不審な大人に連れられて歩いている姿も目撃されていません。拓也君と由加ちゃんの場合《ケース》も似たり寄ったりで」

「一〇歳の少女と歩いている姿は？」

途端に東雲の声が止まった。

「もし連れて歩いていたのが一〇歳の少女だったらどうでしょうか。翔君の姿を見た人達も、年上の少女がつき添っていれば、お姉さんと一緒に歩いているとでも思って不審に思わなかったのではありませんか」

「曽我君。あんた、一体何が言いたいんだ」

言葉には露骨な程に棘《とげ》がある。曽我も一瞬怯《ひる》んだが、少し間を措くと努めて感情を抑えながら、

「由加ちゃんの死亡推定時刻は、午後三時から四時の間でしたよね。これって小学校の下校時刻と一致するとは思えませんか。翔君と拓也君の場合は午後一時から二時と推定されていますが、遺体が発見された七月三〇日と八月二〇日は、学校が夏休みの最中でしょう」

「つまりこう言いたいのかい」――東雲が堪らず話を遮《さえぎ》った――「一九年前の幼児連続殺害事件の真犯人は、当時まだ一〇歳だった、あの、あの……」

あの母親の遺体に泣きながら縋りついていた少女だと。あの世にも醜怪《しゅうかい》な猟奇殺人事件の真犯人が、あの少女だったと。いや、それどころか雲龍山高校で起きた四人の焼死事件の犯人までが彼女だと言いたいのか!!

だがそこまでは言葉にならなかった。

†

いきなり曽我が東雲の脇を擦り抜け、階段を上がって地下室の外へ出た。

何か思いついた事でもあったのだろうか。声をか

けようかとも思ったが、妙に深刻な後姿に言葉を呑み込んだ。

敦賀野竈吾は語る

「先生、私の指輪が失《な》くなっちゃったの」

元々存在しない筈の指輪が失くなったと、芙路魅が大騒ぎしてから数日後——小学校が夏休みに入ったばかりの七月二九日の事でした。

そろそろ午後二時になろうかという頃でしょうか。私用を済ませ、塾へ出勤する前に部屋へ戻って来ると、外出の際に施錠した筈の鍵がまた開いてたのです。

玄関には芙路魅の靴と、あともう一足。男の子用の小さな運動靴が並んでいました。またあの子が誰かと遊びに来ているのだろうと思ったのですが、それにしては居間が静かなのです。

奇妙な事に、浴室からは灌水《シャワー》の落ちる音が聞こえてきました。不審を覚えながら浴室を覗いた時、そこで繰り広げられていた有様に、心臓が止まりそうになりました。

中にいたのは、先日部屋へ遊びにきていた男の子の一人と芙路魅。

男の子は、上半身裸のまま、切嵌貼《タイル》りの床の上に倒れていました。そしてその体から止め処《とど》無く流れる血が、降り注ぐ灌水《シャワー》の水と共に排水口へ吸い込まれていくのです。明らかに絶命していました。

怖気《おぞけ》立つ私の視線は、男の子の傍らに立つ芙路魅の右手に吸い寄せられました。台所から持ち出したのでしょうか、その手には大きな包丁が握り締められていたのです。

それだけでも充分慄《おぞ》ましい光景ですが、私を驚愕の極みへ陥れたのは遺体の凄惨さでした。

遺体は胸から腹までをばっさりと切り裂かれていました。まるで子供の頃に理科の時間で見た、下手《ヘタ》糞《クソ》な蛙の解剖のようにね。おまけに手でも突っ込んで引っ掻《か》き回したのでしょうか、内臓の一部が浴室の切嵌《タイル》に散乱していたのです。

「この子じゃなかった」

込み上げる嘔吐感と必死で闘う私の耳を、無感動な芙路魅の声が抉《えぐ》りました。

「先生。私、間違えちゃった。この子じゃなかったんだわ」

ゆっくりと振り返った彼女の華奢《きゃしゃ》な肩を、骨も砕かんばかりに摑み、激しく揺さぶって問い詰めました。一体何をした、何が起こったんだ、とね。

「指輪よ、私の大切な指輪。あの時、指輪はどこにもなかったわ。部屋の中にも、この子達の持ち物の中にも」

「それがどうした」

自分の指先が彼女の首に絡み、今にも全身の力が集中しそうなのが分かりました。

「私、あれからずっと考えていたの。あの時、どうして指輪がどこを捜しても見つからなかったのかって。それで分かったのよ。誰かが飲み込んじゃったんだって事が」

「飲み込んだ？」

「そうよ。あの子達の内の誰かが、私の大切な指輪を飲み込んだのよ。だからそれを取り戻すために……」

指輪を飲み込んだ——確かに芙路魅はそう言ったんですよ、指輪を飲み込んだ、って。

涙で目の前が曇り、全身の力が抜け、そのまま膝から崩れ落ちました。もう芙路魅が何を言っているのかさえ聞こえません。ただ最後に、

「でも、飲み込んだのは、この子じゃなかったわ。だって指輪がお腹の中から出てこないんだもの」

そんな事を呟いていた事だけは、曖昧《おぼろ》げながら覚えています。

有りもしない指輪が消えた。それは、有りもしない指輪を誰かが飲み込んだから。だから彼女は、有りもしない指輪を取り戻すため、この男の子を‼

「先生。約束してくれたわよね、必ず指輪を見つけ

て下さるって」

そう念を押す彼女を帰し、私は男の子と散乱した臓腑《ぞうふ》を一旦ゴミ収集袋へ入れました。血と脂肪でヌルヌルして、掴もうとすると蒟蒻《こんにゃく》のように掌から零《こぼ》れ落ちる臓腑の感触は、忘れようとしたって忘れられるもんじゃありません。

始末に手間取り、塾は遅刻。おまけに授業にも身が入らず、結局顔色の悪さを心配してくれた先輩の気配りで、その日は早退させて戴きました。

そして深夜になるのを待ってから車に運び込み、人気の無い公園へ捨てたのです。

男の子の名前は佐野翔。後で新聞で知りました。

もうお分かりでしょう。

あの連続幼児殺害事件の犯人は、南條路夫じゃない。芙路魅なんです。あの子達の内の誰か一人が、自分の大切な指輪を飲み込んだに違い無いと思い込んだ、芙路魅の仕業なんです。

次の拓也君も、現場は私のマンションです。一緒に遊ぼうとでも言って誘い込んだのでしょう、手口は前と同じ。そして捨てたのも私。

三人目の由加ちゃんの時は、偶々《たまたま》いつもの習慣を忘れ、その日に限って鍵を水道メーターの蓋の下へ置いていなかったのです。それで芙路魅は彼女を自宅の地下室へ連れ込んだのでしょう。

そうです。父親の路夫が刃物を持ち出して暴れた日の事です。

えっ？　何故突然、芙路魅の父親があんな騒ぎを起こしたのか分かるかって？

私もあの騒動に関しては、新聞報道以上の事は知りません。

だからこれは私の推測ですが、路夫は由加ちゃんが地下室のある屋敷裏手へ連れて行かれる現場を、偶然目撃したのではないでしょうか。

……ほうほう。路夫は午後三時を少し回った頃に、一旦自宅へ戻っているんですか？　成程、それで合点が行きました。きっとその時に、芙路魅と由加ちゃんが一緒に地下室へ入るところでも見たんでしょう。

そして夜のニュースで、昼間見かけた由加ちゃんが行方不明になっている事を知って……へぇ、その晩残業中にテレビの報道番組を観ていた事まで分かっているんですか？

動揺した路夫が残業を中断して、車で会社を飛び出すところも目撃されている？

それなら何が起きたかは、大体見当がつくんじゃありませんか。

車で帰宅した路夫は、まさかと思いながらも地下室を覗く。するとそこには、由加ちゃんの切り裂かれた死体が転がっていた。それで逆上して騒ぎを起こした——そんな経緯《ところ》ではないでしょうか。

傷害未遂で逮捕された後、路夫が一貫して黙秘し続けた理由は説明するまでもないでしょう。可愛い娘を連続殺人の犯人として告発出来る父親など、居る筈がありませんから。


確かにあの時、芙美までが亡くなってしまった事は残念でなりませんが。

えっ、路夫と芙美を毒殺したのも芙路魅じゃないか、って？

芙美が作っていた差し入れの弁当にこっそりと砒素を混ぜ、更に拘置所から戻った母親の飲もうとしていたお茶にも同じ物を盛った、って事ですか。

……　……　……

分かりません、それは。

事件後、芙路魅は路夫の父で、彼女の祖父でもある弓削道蔵教授に引き取られました。

南條家からも引き取りたいと申し出があったのですが、いろいろと手を回し、随分苦心して自分のところへ連れて行ったそうです。

どうして、芙路魅を引き取りたがっていたのか、って？

さあ、それも分かりません。とうの昔に奥さんとも死別し、寂しかったから、せめて孫娘だけでも傍へ置いておきたかっただけなのではありませんか？

とにかく教授は芙路魅を、実家である九州のＣ半島へ連れて行きました。ええ、あの雲龍山《うんりゅうざん》の直ぐ近くですよ。そこで彼女は九年間過ごしました。

芙路魅がいなくなった事は、寂しかった反面、ほっとしたところもありました。ご存知のようにあの連続殺人は路夫が犯人という事で決着が着きましたし、芙路魅がいない以上、もう私が事件に巻き込まれる可能性は有りませんでしたから。

でも芙路魅は再び東京へ、私の元へ舞い戻って来たのです。皆さんもよくご存知の「雲龍山噴火」に遭遇した事によってね。八八年、一〇月の事でしたっけ。

弓削教授邸

東雲は、曽我が立ち去った地下室入り口を暫く眺め続けていた。

（あの時は、我ながら大人気無かったたな）

所轄署休憩室で彼に喰ってかかった事を思い出し、東雲は内心赤面した。

確かに物的証拠は皆無だが、状況証拠は彼の推理が決して的外れではない事を暗示している。特に芙路魅の周囲では凄惨な事件が続いた事は、紛れも無い事実だ。

一九年前に自分の管内で起きた事件、そして男女四人の高校生が焼死した九州の雲龍山高校事件、更にその六年後＝一九九二年に起きた鷹野台総合病院事件も彼女との繫がりを仄《ほの》めかしていたのだ。

†

「つまりこう言いたいのかい。一九年前の幼児連続殺害事件の真犯人は、当時まだ一〇歳だった、あの、あの……」

東雲が言葉に詰まると、所轄署休憩室は落ち着かない沈黙に包まれた。曽我も東雲の勢いに押され、

暫く俯《うつむ》き加減で何か考えているような仕種をしていたが、

「失礼な事を言って申し訳ありませんでした」——立ち上がって一礼し——「決して昔の捜査を批判するつもりはなかったんです。本当にすいません。ただ東雲さんに一九年前の話を伺ってから、ずっと芙路魅の事が気になったもので、個人的にいろいろ調べていたのですが」

曽我は腕時計に目を落とすと、

「今日はもう遅いですから、話の続きはまた今度に」

そう言って立ち去ろうとした。

「ちょっと待って下さいよ」

東雲が泡を喰ったように背広の袖口を掴む。

「話の続きって何ですか。まだ何かあるんですか」

曽我の戸惑い勝ちな顔には、「余計な事を喋ってしまった」とはっきり書いてある。そうなると、いよいよ東雲もこのまま帰す訳にはいかなかった。

いきなり大声を上げた非礼を詫び、立ち上がった曽我の肩に手を置いて半ば強引に椅子へ腰を下ろさせる。そして長年鍛えた老練《ベテラン》の眼力に物を言わせ、若い刑事を無言で追い詰めた。

暫く躊躇《ためら》っていたが、諦めたように再び背広の内ポケットへ手を入れ、別の茶封筒を取り出した。そこから二枚のコピー用紙を抜き取ると、中身を素早く確認してから、まず一枚を東雲に差し出す。

「七年前の記事です」

東雲は引《ひ》っ手繰《たく》るように取り上げると、複写された記事へ目を落とした。日付は一九九二年一〇月二四日となっている。


【手術室の惨劇／看護婦二名が殺害】

東京都D区の鷹野台総合病院の手術室で、同病院の看護婦・春日明子さんと木場美津子さんの他殺死体が発見された。春日さんは喉を鋭利な刃物で切り裂かれ、木場さんは腹部を切開された上、内臓の一部が摘出され、周囲に散乱していた……

「曽我君、これは」

この事件なら東雲も知っている。管轄が違ったので直接捜査に関わった訳ではないが、前代未聞の猟奇事件としてテレビや新聞、週刊誌で大分騒がれていた。

特に犠牲者の一人＝木場美津子への残虐行為は、目を覆いたくなる程だった。何しろ局部麻酔を施され、生きたまま腹を切り裂かれたのだから。

確かにこの事件を知った時は、東雲も一九年前の事件を連想した。しかし――

「しかしこの事件の犯人は、直ぐに逮捕された筈じゃありませんか」

事件の通報者である警備員が遺体を発見した時、手術室には被害者の二人の女性以外にもう一人男が居た。研修医の築地俊勝である。そして記事の続きには、この築地を〝重要参考人として取調べ中〟とも書いてあった。

大量の返り血を浴びた手術着を着用し、身柄を確保された時には既に錯乱状態だったと言う。結局責任能力無しとして不起訴処分。その後は医療施設へ移送されたとの新聞報道を読んだ記憶がある。

「この築地という男は、以前から被害者である木場美津子に対してストーカー紛いの行為を繰り返していたと聞いていますが」

「執拗《しつこ》く迫られて、仕事の打ち合わせという名目で、一度だけ夕食を一緒に取ったのが運の尽き。それ以後はまるで恋人気取りだったそうですよ」

雲龍山高校の事件同様、既に捜査を担当した所轄署から事件の詳細を聞いていたのだろう。曽我が話を引き継いだ。

「まず美津子の服装や化粧のやり方に注文をつけ始める。派手過ぎる、君には相応《ふさわ》しくないとかね。続いて私生活。毎晩電話して、帰りが遅いと何をしていたか執拗に問い質そうとする。そして決り文句は

『次のデートはいつだい？』。まあ、ストーカー事件としては定番《おやくそく》の展開《パターン》ですがね」

曽我は再び警察手帳を広げ、メモした内容を見ながら、

「抑々《そもそも》美津子には恋人が居たそうです。それも勤務していた病院の院長の息子、押上功という許婚《いいなずけ》がね」

「看護婦としては、玉の輿ですね」

「いえ、美津子の方だって、父親が別の総合病院で理事を務める程の家柄なんですよ」

親同士が大病院の幹部だったのか。東雲は肩を竦《すく》めてから、

「しかし、その事を築地は知らなかったんですか」

「いくら院長の息子とはいえ、医者と看護婦が必要以上に親密な関係にあると周囲に知れれば、いろいろ噂が流れますからね。結婚の日程《ひどり》が決まるまで秘密にしていたそうです」

曽我は一旦話を止め、二人分のお茶を淹《い》れ直してから、

「二人の結婚が公けにされたのは、事件の起こる三ヵ月前。その頃からですよ、鷹野台総合病院の周辺に奇妙な怪文書が流布されたのは」

東雲は、淹れたばかりのお茶を口へ運びながら、話の続きを待った。

「内容は美津子の婚約者であり、院長の息子でもある押上功への中傷。最初は彼の医師としての資質を槍玉に挙げた内容《もの》でした。〝在籍した医学部では、碌《ろく》に授業へ顔も出さない落第生。親の七光がなければ、とても医師免許など取れなかっただろう〟とね」

そんな文書《ビラ》が病院の幹部宅や職員、看護婦の寮へばら撒《ま》かれたらしい。挙句の果てには患者家族や近隣の住宅地にも。

「暫くしてから、今度は功の女性関係も。〝女癖の悪さも有名だ。手を出した女性患者や看護婦は数え切れない〟とか〝若くて美しければ、病院に勤務す

る医者の妻やその娘にも〟」

「実際はどうだったんですか」

東雲が探るように口を挿むと、

「問題の医学部では、首位《トップ》とまでは参りませんが、それなりに優秀な成績で卒業したそうです。同期生からの評判も悪くありません。女性関係は――」

そこで曽我は意味有りげな苦笑を浮かべ、

「まあ、お医者さんは女性にもてる商売ですからね。美津子以外の看護婦や、患者さんと浮気をした事が一度も無いのかとなると、本人も言葉を濁していたらしいのですが」

それにしても、怪文書で書き立てられるような乱れた関係《もの》ではなかったらしい。

最初は無視していた病院側が本腰を入れて調査に乗り出したのは、〝押上功は医療ミスで患者を殺した。病院はこの事実を隠蔽している〟という文書が契機《きっかけ》だった。

これは病院としては捨てて置けない事態だ。下手をすれば新聞沙汰になり、信用問題・経営問題にまで発展し兼ねない。極秘に内偵を始め、調査の結果、築地俊勝の名前が浮上したのである。

「美津子との婚約を公けにした押上功への、嫉妬に駆られた挙句に仕出かした騒動と見てまず間違い無いでしょう。当然、築地は依願退職を迫られました。事件の起こる二週間程前の事です」

「身から出た錆《さび》って奴だな」

同情の余地も無い話だと思った。だが、そうだとすると、

「築地には、木場美津子を殺害する動機は充分有った訳ですね。自分を捨てて、病院長の息子に走ったと。まあ確かに一方通行の逆恨みではありますが」

納得したように頷く東雲の前へ、曽我はもう一枚のコピー用紙を置いた。破れた部分を繋ぎ合せ、皺《しわ》苦茶《くちゃ》になっていたのを延ばした痕がくっきりと残っている。

「被害者・木場美津子の部屋のゴミ箱から見つかっ

た手紙です。消印は一〇月一五日になっていますので、翌一六日には、彼女も目を通している筈です」

東雲は、細かい字の書き込まれたその手紙のコピーに目を落とした。

〈これは、北海道で本当に起きた出来事です……〉

それが手紙の書き出しだった。だが直ぐその後に続く〝京子さん〟という名前がまず頭の片隅に、奇妙な蟠《しこ》りとなる。

だがその京子が、三人を道連れにして焼死を謀《はか》る件《くだり》に到っては、東雲も目を見張らざるを得なかった。

蟠りは疑惑へ転じ、そして苛めっ子の一人がカッターナイフを取り出して彼女の腹から鍵を奪う場面に遭遇した時、その疑惑はある種の確信に変わっていた。

これは「雲龍山高校事件」の事ではないか。

確かに場所が北海道になっていたり、火災現場が旧体育館から古い校舎に変わっていたり、京子以外の三人が生き延びている等、喰い違いも多々ある。

だが基本的な筋書き《シナリオ》は、殆《ほと》ど同じではないか。何よりも犠牲者の〝京子〟という名前が一致している。

手紙の送り主も言い切っているではないか、〈これは〝京子さんの呪い〟というお話です〉と。だがそれに続く〈話そのものに〝呪い〟が籠められているのです〉とは？

そしてこの薄気味悪い手紙はこう締め括《くく》られていた、〈宜しいですね。一週間以内に五人です。そうしないと……〉

「手紙は築地が出した物です。本人も認めました」

曽我の声で、ようやく視線がコピーから解放される。

「でも彼の創作《オリジナル》ではありません。実はこれ、事件の起こる数年前から流行《はや》っていた怪談話なんです。僕も高校の修学旅行の夜、怪談好きの友人から聞かされましたよ。やはり〝京子さんの呪い〟っていう触れ込みでした。

「昔からよくある〝不幸の手紙〟の怪談版ですよ。最近なら、電子メールなんかでよく流れる〝伝染《うつ》る怪談〟の一種です」

「ですが、どう考えても原型《モデル》は雲龍山高校の事件ですよね」

「東雲さんも、そう思われますか」

他に考え様が無かった。

「雲龍山高校の噂が発信源となり、それが形を変えながら北海道まで伝わったって事でしょうか。だから出だしが〈北海道で本当に起きた出来事〉になって」

それにしても九州の事件が、そんな口コミみたいな「怪談話」だけで北海道にまで伝播するものだろうか。合点がいかぬ様子で首を捻っていると、

「昭和四三年、ある興味深い実験が行われました。北海道、札幌の駅前で噂を流し、その噂が九州の鹿児島駅前まで伝わるのにどれくらい時間が経過《かか》るかという実験です」

曽我が東雲の心を読んだかのように話を続けた。

「噂は見事、鹿児島駅に届きました。その結果、噂の流れる速度は時速四〇キロ程度である事が分かったそうです。まだ携帯電話もインターネットも存在しない、口コミだけの時代ですよ」

「時速四〇キロと言うと」

「仮に皆が寝静まる深夜の時間帯を省いたとしても、九州から北海道まで、一週間もあれば到達する計算になります」——既に計算をし終えていたのか、返答は即座に返って来た——「それに僕の高校時代でしたら口コミだけに頼らなくとも、ラジオの深夜放送でよくこんな噂が紹介されていましたからね。伝達手段の発達した現在なら、この時間は限り無くゼロに近いのではないでしょうか」

東雲は再び手紙のコピーへ目を落とした。

〈名古屋の方にこの話を莫迦にして、話の伝播を止めた人が居ます。その人は期限の切れた一週間後に

死体となって発見されました。生きたまま、お腹を切り裂かれて〉

美津子がこの手紙を受け取ったのは一〇月一六日だった。そして殺害されたのが、手紙の予告通り一週間後の二三日。それも生きたまま、腹を切り裂かれたのだ。

九州で起きた事件の噂が北海道にまで辿《たど》り着き、それが形を変えて日本中に駆け巡った挙句、東京で再びこんな惨《むご》い事件を起こすなんて。

「この手紙が築地の狂気を更に刺激し、遂にあんな事件を引き起こしてしまったんですね」

「逮捕された築地は、犯行を全面否認しています」

東雲の溜息混じりの呟きを掻き消すように、曽我が言い切った。

「築地は取調べに対して、こう証言しているんです。木場美津子と春日明子を殺害したのは自分じゃない。自分の妹に成り済ました見知らぬ女だ、とね」

「見知らぬ女？」

豆鉄砲を喰った鳩のように虚頓《きょとん》とする東雲に、曽我は再び警察手帳を広げながら、

「築地の妹は、彼が小学校六年生の時に亡くなっています。彼が自転車の後ろへ妹を乗せ、学校へ向う途中に起きた事故が原因でした」

それは走行中に降り積もった雪で車輪が滑り、自転車は転倒、二人はそのまま崖に転げ落ちたという事故だった。兄の俊勝は無事救出されたが、妹の百合子は崖の底まで転落し、数時間後に遺体で発見されている。

「事故以降、築地は『妹を殺したのは自分だ』と信じ込んでいたようです」

その拭い去れない後悔と自責の念が、成長した彼の精神状態にも大きな影響を与え続けていたらしい。

「実際、彼は妹の死を時々忘れている様子《ふし》さえありました。ご両親の話に依《よ》ると、盆暮れに郷里へ帰る

時などは、必ず妹へのお土産《みやげ》を持参していたそうですから」

その度《たび》に両親から妹の死を諭《さと》され、その後は決まって仏壇の前に座り込み、遺影の前で何時間も泣き続けたと言う。

「あんな人殺しにも、妹を思いやる気持ちは有ったんですね」

東雲は一旦は頷いたが、

「しかしそうだとすると、妹に成り済ました見知らぬ女ってのは、誰の事なんですか」

抑々《そもそも》そんな女が本当に存在したのだろうか。そう思った途端、

「三田京子」

「えっ？」

一瞬、何かの幻聴かと思った。

「三田京子。その見知らぬ女は、そう名乗ったそうです」

休憩室の空気が七月の末とは思えぬ程、冷えたような気がした。

三田京子――それは雲龍山高校事件の犠牲者の一人。それも腹を硝子の破片で切り裂かれたとされている少女と、名字も名前も同一《そのまま》ではないか。

「築地の証言はそれだけに留まりません。彼に依れば、その三田京子を名乗る女性は、木場美津子の事を〝珠実〟と呼んでいたそうです。それに〝久雄〟や〝邦彦〟の名前も」

「ちょっと待ってくれ、曽我君」

東雲が目頭を抑えながら、話を止めた。混乱した頭が、これ以上の非現実的な事実を受け入れられなくなっているのだ。

三田京子、珠実、久雄、邦彦。

いずれも雲龍山高校事件の犠牲者ばかりだ。一人なら偶然の一致も有り得るだろう。だが四人全員が揃ったとなると、もうそんな逃げ口上は通用しない。築地は彼等の名前を知っていたのだ。

だが何処で知った。誰に教わった。

「新聞で四人の名前を知っていたのでは？」

「その可能性は少ないと思います」――曽我が遠慮勝ちに反論した――「最前《さっき》も言った通り、雲龍山高校事件は九州地区の地方新聞にしか載っていませんでしたから」

　会話が途絶え、束の間沈黙が続いた後、東雲は大きな溜息を吐いた。

　犯行の手口の類似性。そして東京と九州の事件を巡る不思議な共通点。それ等を嵌《は》め合わせた時に浮かび上がる影。もう曽我の推理を非難する事は出来無い。

　自分は刑事だ。個人の感情で真実から目を逸らす愚《こと》は許されない。仮令《たとえ》それがどんなに自分の望まぬ終焉を産む結果《こと》になろうとも。

　一九年前の連続幼児殺害事件―雲龍山高校事件―鷹野台総合病院事件。これ等の事件はいずれも見えない糸で結ばれている。そして事件の背後でこの見えない糸を繋ぐ影、それが芙路魅だ。


「鷹野台総合病院事件後、責任能力無しで起訴を免れた築地は、医療施設で五年を過ごし、一昨年故郷へ帰りました。そしてその半年後に剃刀《かみそり》で自らの頸《けい》動脈《どうみゃく》を掻《か》っ切って自殺」

　曽我はそこまで言ってから警察手帳を閉じ、内ポケットへ仕舞った。

「前日に彼は一通の手紙を受け取っていた事が分かっています。但し差出し人は不明。消印は都内でした。手紙には大きな字で一言〝役立たず〟とだけ書かれてあったそうです」

　差出し人が誰だったか、ここに到っては考えるまでもないだろう。〝役立たず〟という暗示めいた言葉の裏に、どんな意味があるかは最早永遠の謎として残るとしても。

「憶えていらっしゃいますか、弓削教授の研究課題《テーマ》。教授が南條家を差し置いてでも、彼女を九州へ連れて行きたかった本当の理由は」

「芙路魅は〝実験動物《モルモット》〟だったんですね」

俯《うつむ》いたまま、嫌悪感も露わに吐き出した。教授が何故芙路魅を自分の手許へ置いておきたかったのか、東雲にもようやく分かった気がしたのだ。

芙路魅。あの少女は、生まれつき何か異常を持っていたとしか思えない。

教授は拘留中の南條路夫と面会している。恐らくその時、息子から事件の真相を聞いていたのだろう。全てを知った教授は何を思ったのか。

犯罪者は犯罪者になるべくこの世に生を受ける――犯罪因子なるものを捜していた弓削教授にとって、芙路魅が理想的な「研究素材《サンプル》」に見えた事は、想像するに難《かた》くない。

だから何としても、彼女を手に入れたかったのだ。自分の孫娘を実験材料にする神経に、東雲は胸が逆《む》吐《か》ついた。

「一つだけ教えて貰えませんか」

東雲は曽我の目を見据えながら問い質した。

「曽我君は、田名網殺害の犯人も芙路魅だと思っているのですか」

確かに芙路魅は、一九年前の連続幼児殺害事件や雲龍山高校事件、そして鷹野台総合病院事件の真犯人かも知れない。いや、今では東雲もそう信じ始めている。

だが田名網殺害に関しては、彼女が犯人だなんて事は有り得ない。東雲はそれを言いたいのだ。

「確かにあの田名網殺害に使われた凶器には、彼女の指紋が付着していました。でも、あの指紋の持ち主はもう死んでいる。芙路魅は火葬されて灰になっちまっているんですよ。もうこの世には存在しない。これは動かし難い事実です」

抑々芙路魅殺害の犯人が誰なのかも気になるが、今は触れたくなかった。

「この世に同じ指紋は二つと無い。それが捜査の常識《イロハ》だって事は今更言うまでもありませんよね。だとすると、やはり田名網殺害の凶器に付いていた芙路魅の指紋は、何らかの偽装工作《トリック》と考えるべきではないのですか」

「本当に」

曽我が唐突に口を挿んだ。

「本当に芙路魅は、もうこの世には存在しないんでしょうか」

深刻な口調に、東雲も言葉に詰まった。

確かに今度の事件が、そんな常識だけで説明出来るものかどうか、東雲も次第に自信が失くなってきた。芙路魅を巡る事件は、全てが余りにも不条理なのだ。

鷹野台総合病院事件が〃京子さんの呪い〃を手本《モチーフ》にしている事は明らかだ。

木場美津子の元へ手紙が届く。彼女は警告を無視して伝播を止めてしまった。そして予告通り一週間後に殺害されたのだ。それも〃京子さんの呪い〃の文章に準《なぞら》えるがごとく、生きたままお腹を切り裂かれて。

でも何故!?

芙路魅はこれからも醜悪な怪談話が語られる度《たび》、亡霊のごとく現れて殺戮《さつりく》を繰り返すのか。彼女自身、怪談や伝承、伝説の隙間へ溶け込んでしまったとでも言うのか。

我々が今向き合っている相手は、灰にされたぐらいで本当に消えてしまうような奴なのだろうか。それとも誰も怪談や伝承、伝説を語らなくなるまで、つまりこの世界から人間が居なくなるまで、永遠に物語という隠れ蓑《みの》に潜《ひそ》む怪物なのか。

†

(考え過ぎだ)

東雲は首を何度も左右に振った。あの時は頭の中が混乱していただけだ。無理に笑い飛ばそうとするが、頬の筋肉は言う事を聞いてくれなかった。

地下室から出た曽我は、大学時代に聞いたラジオの深夜放送を思い出していた。大学の提出課題《レポート》を仕上げている最中に聞いた〝京子さんの呪い〟を。

〈それは東京のある大病院に勤める看護婦さんです〉

あの部分は自分が高校時代に聞いた話とは、明らかに違っている。

翌朝、鷹野台総合病院の事件が報道されると、忽ち聴取者《リスナー》の間で騒ぎになった。あの葉書は事件を暗示しているのではないか。そんな投稿がラジオ局に殺到したらしい。

匿名希望の葉書だったが、記載されていた住所も名前も実在しないものだった——そんな噂まで流れ、一部週刊誌の中吊り広告でも「ラジオの深夜放送に犯行予告が届けられる!!」という文字が躍る程だった。

しかしその後、築地俊勝が犯人と断定されたのを境に噂は沈静化し始める。次第に誰も話題にしなくなり、いつの間にか立ち消えてしまった。

〝京子さんの呪い〟は、今も何処かで語り継がれているのだろうか。それが曽我には気がかりだった。

そして伝播を止めたのは、相変わらず〈大病院に勤める看護婦さん〉なのだろうか。それとも新たな犠牲者を呑み込みながら、次の生贄を欲《もと》めて漂い続けているのか。

もしそうなら、殺戮の連鎖は直ちに断ち切らなければならない。たった今、この屋敷で。

敦賀野雹吾は語る

雲龍山の大噴火……。

新聞やテレビでも報道されたから、覚えていらっしゃるでしょう。随分と悲惨な災害だったようですね。何人もの人が、火砕流に呑み込まれて亡くなったそうじゃありませんか。

私もニュースを観ながら、芙路魅の安否を気遣ったものです。

聞いたところによると、弓削教授の実家も火砕流に呑み込まれてしまったとか。いえ、そんな家より、逃げ遅れて一命さえ落とし兼ねなかった芙路魅の方が憐れですよ。

えっ？　噴火に遭遇したのは知っていても、あの子が死にかかったのはご存知無い？

まあ、私も人伝《ひとづて》に聞いただけなのですが、何でも避難勧告が出ているというのに、よりによって弓削教授はその日家に不在だったとか。

焔に包まれ、崩れかけた家屋の中で、彼女は辛うじて助けられたそうです。救助隊に救出された時、芙路魅は意識不明の重体だったという話ですが――詳しい事は存じません。

その後弓削教授は、芙路魅の高校卒業を待って東京へ戻って来ました。勿論彼女も一緒です。そしてあの事件以来、放置も同然だった旧南條邸へ帰って来たのです。

尤も私はその後も芙路魅とは会っていません。勿論、気にはなっていましたが、その二年前に独立して塾の経営を始めたばかりだったもので。

ところが先月二〇日、突然芙路魅が現れたのです。雨が激しく降り頻《しき》る日の事でした。

夜遅くマンションへ戻り、ずぶ濡れのまま部屋へ戻ってみると、締めた筈の鍵が何故か開いたままになっていたのです。その上、玄関には女物の傘と白いハイヒールが。

不吉な予感と奇妙な期待感が渾然とした気持ちで居間《リビング》を覗いた時、そこに芙路魅が居たのです。

長椅子《ソファ》に腰掛ける彼女は、もうすっかり大人になっていました。まるで亡くなった芙美が生き返ったかのようでしたよ。

「先生。相変わらず鍵は、水道メーターの蓋の下に置いていらっしゃるんですね」

一体、何をしに現れたんだろう。駆け寄って抱き締めたい程の懐かしさにも、警戒心を氷解させない私に、

「どうしたの、先生。怖い顔をなすって」

揶揄《からか》うような視線で見詰め返す芙路魅。それから細い指を翳《かざ》しながら、

「ねえ、先生。私の指輪、もう見つけて下さったのかしら」

忽ち一九年前の凄惨な記憶が甦《よみがえ》りました。混乱した頭で沈黙を続ける私に、彼女は何度も何度も繰り返し訊ねるのです。指輪は？　指輪は？　私の大切な指輪は？　ってね。

答える術《すべ》も無く黙りこくっていると、

「嘘つき‼」

途端に芙路魅の表情が険しくなりました。そう、まるでこの部屋で「指輪を盗まれた」と騒ぎ出した時のように。そして今度は「嘘つき‼　嘘つき‼」と責詰《なじ》り出したのです。

そして散々私を責めた挙句、

「まだ、あの子のお腹の中なのね」

そう呟く芙路魅の瞳は、虜《と》り憑《つ》かれたような異様な輝きを放っていました。口元には慄然《ぞつ》とするような微笑《えみ》さえ浮かべて。

憶えていらっしゃいますよね、芙路魅が指輪を失くした時、部屋には「男女合わせて四人の子供達」がいたと申しました事を。

どうしたんですか？　まさか貴方《あなた》、忘れたんじゃないでしょうね。忘れたんですか。忘れたんですか⁉　私があれほど「絶対に忘れないで」と念を押したのに‼　貴方、一体人の話を……‼

……すいません、取り乱しまして。いや、本当に申し訳ありませんでした。何とお詫びしたら宜しいのやら。

えーと、何の話をしておりましたっけ。

そうそう、子供は全部で四人いたんです。でも一九年前に殺害された子供は三人。翔君、拓也君、由加ちゃんの三人だけなんです。四人じゃないんだ。三人なんです。

私の言いたい事はお分かりでしょう。そうです。まだ一人残っていたんです、当時まだ六歳だった田

名網準一が。

芙路魅は静かに立ち上がると私の両手を取って握り締め、

「取り返して下さるわよね、先生」

ようやくこの女が何を謀《たくら》んでいるのか分かりました。彼女は一九年前殺し損ねた四人目、田名網準一を殺害するために現れたのです。そのために、また私を利用しようと。

怒りと狂気が頭の中を煮え滾《たぎ》らせました。相変わらず口元に微笑を浮かべたまま私を見詰める芙路魅――その白い首根っこ目がけ、両手の一〇本の指が襲いかかりました。そのまま彼女を押し倒し……後は何が何だか分かりません。

「怪物!!　怪物!!」

そんな意味不明な事を、何度も叫んでいたような気がします。

最初は悶掻《もが》いていた芙路魅でしたが、気がつくと抵抗が止んでいました。


殺してしまったのかと思った途端、急に頭の中が冷え、指先の力を抜いて恐々《おそるおそる》彼女の顔を見たのです。その瞬間、全身の毛穴から冷気が噴き出しました。

芙路魅は薄笑いを浮かべていたのです。そして嘲《あざ》笑《わら》うような目線を此方に向けたまま、

「私は殺せないよ、先生。私は芙路魅よ。フ・ジ・ミ、不死身なのよ」

そして転がるような甲高い声を張り上げて嗤《わら》い出したのです。

脳天から再び熱湯が注ぎ込まれました。芙路魅の嘲笑《ちょうしょう》を掻き消すかのごとく大声で叫びながら、全身の力と体重を指先に込め、細い首が縊《くび》り切れるほど絞めつけてやりましたよ。

どれほどそうしていたか分かりません。気がつくと、芙路魅はもうぐったりとして動かなくなっていました。

とうとう殺してしまった。

暫くは彼女の遺体の横で泣いていました。それから遺体を抱え、マンションの非常階段を使って駐車場まで降り、車に運び込んだのです。

えっ？　芙路魅の傘をどうして持ち出さなかったのか、ですって？

そう言えばハイヒールとハンドバッグを持ち出したのに、傘だけ部屋へ置いて来てしまいましたね。うっかりしただけで、別に深い意味はありません。今でも傘は私の部屋にある筈です。

それで遺体は何処か別の場所で殺害され、河川敷へ持ち込まれた事が直ぐに分かった？　はあ、左様ですか。

外へ出ると、雨は激しさを増していました。土砂降りで視界の悪い中、水浸しの道路を車で飛ばし、そして堤防の上から河川敷へ遺体を放り投げ、そのまま逃げ去ったのです。

こんな言い方をすると、随分冷静に聞こえますが、ほとんど無意識の行動です。まるで誰かに操られている、人形のようにね。

部屋へ戻った時は、緊張の糸が切れたところに疲労も重なり、意識は朦朧《もうろう》としていました。そして濡れた服を着替えようともせず、そのまま居間へ誘われるように足を踏み入れたのです。

長椅子《ソファ》には芙路魅が腰掛けていました。

……　……　……

見間違いや幻覚なんかじゃありません。それは紛《まぎ》れも無く芙路魅です。

「どうしたの、先生。ずぶ濡れじゃない」

呆然とする私に、さも可笑しそうに訊ねる彼女。

「何を不思議そうな顔をしているの、先生。私を忘れちゃったの。私は芙路魅よ。フ・ジ・ミ、不死身なのよ」

そう言って、自分に縋りついて泣き崩れる私を、ただ微笑《ほほえ》みながら見詰め続けるのでした。

弓削教授邸

「何だ、まだ犯人の身柄を確保出来無いのか」

東雲の直ぐ目の前で、捜査主任が報告に訪れた捜査官を怒鳴りつけていた。どうやら犯人はまだ非常線の網に引っ掛からないらしい。

「お前、この地下室の有様が目に入らんのか。これだけの事を仕出かした奴だ。返り血を浴びて、血塗《ちまみ》れの筈だろう。それなのに何故まだ見つからないんだ」

怒鳴られている捜査官は、頭を下げたままだ。

「本庁から応援を頼むなりして、人数をもっと増やせ。捜索範囲を拡大するんだ。それから一度調べた場所も、念のためにもう一度調べ直せ」

一礼して立ち去る捜査官を、東雲は複雑な思いで見詰めた。

曽我は屋敷を囲む庭を眺めながら、何度も周回していた。

壁を撫で回し、地面に膝を突いて土を拾い上げたり、庭木を覗き込んだりを繰り返す。時折、鑑識課員が露骨に迷惑そうな顔をするが、意に介さなかった。

奴は此処にいる。曽我はそう確信していた。理屈でも直感でもない、何かが彼にそう囁《ささや》き続けているのだ。

奴はこの邸内の何処かに隠れている。凝然《じっ》と息を潜め、警察が立ち去るのを待っている筈だ。そして隙を衝いて弓削邸を抜け出し、また次の獲物を求めて彷徨《さまよ》い続ける魂胆なのだ。

(「怪物」め!!)

頭の中で吐き出す。

それだけは許せない。この犯人だけは絶対に逃がしてはならないのだ、この屋敷から一歩足りとも。

必ず捕まえる。捕まえて見せる。待っているがいい、怪物――芙路魅。

Fujimi——一九九九年八月三日④

敦賀野雹吾は語る

田名網準一の住所や勤め先は、事前に調べていたのか、芙路魅が知っていました。当時は子供でも、今は立派な会社員です。計画も既に彼女の頭の中にありました。

彼は残業の多い不動産会社へ勤務しており、日曜日も帰宅が夜遅いそうです。おまけに男の気安さと危機感の無さからか、深夜にも拘わらず、人気《ひとけ》の少ない公園の遊歩道を帰宅路に使っているとの事でした。

私達は、人通りの特に少ない日曜日の夜を狙いました。

凶器として利用する山岳ナイフを手に入れたのは

決行日の前日。ああ、これがその時の領収書《レシート》です。必要ならどうぞ。

夜一〇時頃から、互いに少し離れた位置で其々《それぞれ》遊歩道を挟む雑木林に身を潜《ひそ》め、田名網を待ち伏せしました。私は軍手を着用し、羽織《はお》ったジャージの懐に山岳ナイフを隠し持って。

一時間ほどで二〇代半ばの会社員風の男が現れました。それが目指す相手だったのでしょう、木陰に隠れていた私の目の前を通り過ぎた直後、男の前に芙路魅が姿を現しました。

「準一君」

芙路魅が清《す》ました顔で声をかけると、田名網は突然現れた彼女を暫く虚頓《きょとん》とした表情で眺めていました。

「私の事、忘れたの」

眉根を僅《わず》かに寄せ、白々しく悲しそうな顔を見せた途端、田名網の顔に浮かんでいた怪訝そうな表情は、見る見る内に硬直する恐怖の中へ沈みました。

「お前は」

言葉はそこで途切れました。私がナイフを振り翳《かざ》し、背後から襲いかかったのです。鋭い切《き》っ先《さき》は彼の背中に深々と突き刺さり、叫び声を上げる暇もなく絶命しました。

死体は素早く雑木林に引き摺り込みました。遊歩道から届く、僅かな終夜灯の明かりに浮かび上がる死顔は、驚愕の余り目を見開いたまま。

死体を見下しながら竦然《しょうぜん》とする目の前に、剝《む》き出しの白い手が伸びてきました。黙って芙路魅の掌にナイフを握らせると、彼女は死体の傍らに膝を落とし、背広、続いてワイシャツの釦《ボタン》を外しにかかったのです。

そして下着を捲《まく》り上げ、締まった腹部が露わになった時、私は目を背《そむ》けました。いえ、仮令《たとえ》視覚を誤《ご》魔化《まか》しても、薄闇の静寂の中、肉塊を切り裂く鈍い音が鼓膜を重く揺さぶるのを止める事は出来ません。

「あったわ」

芙路魅の場違いなほどの明るい声が、その悍《おぞ》ましい作業の終了を告げました。

「ほら見て、先生。あったわよ、私の大切な指輪」

視線を戻した私の目には、夥《おびただ》しい返り血で真っ赤に染まった芙路魅の指。勿論、そこに指輪なんか有りゃしません。でも彼女はその有りもしない指輪に頬擦りさえしているのです。指同様、鮮血で汚れた頬に。

「やっぱりこの子が飲み込んでいたのね。本当に悪い子」

そんな言葉が、虚しく耳を通り過ぎました。

でも、これで何も彼《か》も終わった。田名網の殺害で、全ては終わったんだ。少なくとも私はそう信じていました。今日まではね。

でも、まだ終わっていなかった。終わっていなかったんです。

午前中の仕事が一息吐《つ》き、昼過ぎにマンションへ戻った時、私は愕然としました。またしても玄関に、子供用と思しき靴が何足も並んでいたのです……

弓削教授邸

東雲は腕時計を見た。弓削邸に突入してから、既に一時間を経過しようとしている。

回想は自然と数時間前の出来事へ流れた。進まなかった捜査が急展開し、弓削邸の家宅捜査にまで発展したのは、あの男が署に現れた事が契機《きっかけ》だったからである。

†

午後二時頃。

突然所轄署に現れた男は、敦賀野雹吾と名乗った。南條芙路魅と田名網準一を殺害したのは自分だと言って、署へ出頭して来たのである。

忽ち署内は大騒ぎになった。難航していた事件が、一転解決へ導かれるかも知れないと。

だが敦賀野の喋っている事は支離滅裂だった。酷《ひど》く興奮した様子で、受付の警察官に向って只管《ひたすら》「三人の子供達を助けてくれ」と捲《まく》し立てるのだ。

「とにかく落ち着いて。何があったのか詳しく話して下さい」

曽我が肩を支えながら、取調室へ案内する。手の空いていた東雲もつき合わされ、結局二人がそのまま事情聴取を担当する破目《こと》になった。

敦賀野は出されたお茶を一気に飲み干すと、

「えーと、何からお話したら宜しいのでしょうか」

──などと暫くは何度も自分の唇を舐めていたが

──「そうそう、まずあの事からお話しないと」

何やら独《ひと》り善《よ》がりに納得すると、妙な思い出し笑いを浮かべながら、いきなり自分の小学校時代の思い出話を喋り始めたのである。

「全くどうしてなんでしょうねえ。男の子って生き物が、自分の好きな女の子には、何故か意地悪や悪戯《いたずら》をしたくなってしまうのは」

無理な作り笑いを拵《こしら》えているのだろうか、頬を必死で緩めようとしているのだが、目は憑かれたように大きく見開いたままだ。

どうやらこの男は南條芙美と同級生であり、その話しぶりでは、彼女は敦賀野の初恋の人でもあったらしい。だがそれが事件と何の関係があると言いたいのだろう。

東雲は不満だったが、曽我は真剣な面持ちで聞き入っている。だが話が一九年前の事件に及ぶと東雲の表情も変わった。

「もうお分かりでしょう」

話を一旦切ると、二人の刑事の顔を何度も見比べてから、

「あの連続幼児殺害事件の犯人は、南條路夫じゃない。芙路魅なんです。あの子達の内の誰か一人が、自分の大切な指輪を飲み込んだに違い無いと思い込んだ、芙路魅の仕業なんです」

取調室の空気は重かった。

(やはり曽我君の推理通りだったんだ)

東雲は密かに思った。

だが反面、語られる「動機」は余りにも異常だ。有りもしない指輪を取り返すために殺人を犯していたとは——この男の話をどこまで信じて良いのか、東雲はまだ判断がつき兼ねていた。

「路夫と芙美を毒殺したのも、芙路魅だとは思いませんか」

曽我が突然口を挿んだ。敦賀野は一目で分かるほど動転し、

「芙美が作っていた差し入れの弁当にこっそりと砒素を混ぜ、更に拘置所から戻った母親の飲もうとしていたお茶にも同じ物を盛った、って事ですか」

そこまで一気に喋り切ると、急に下を向いて黙り込み、俯《うつむ》いたまま首を横に振って、

「分かりません、それは」

話が雲龍山の噴火に及び、

「聞いたところによると、弓削教授の実家も火砕流に呑み込まれてしまったとか。いえ、そんな家より、逃げ遅れて一命さえ落とし兼ねなかった芙路魅の方が憐れですよ」

東雲が「彼女も危ない目に遭ったのか」と問い質すと、今度は急に口元を弛《ゆる》め、

「えっ？　噴火に遭遇したのは知っていても、あの子が死にかかったのはご存知無い？」

相手の知らない情報《こと》を知っている自分に自己満足でも覚えたのか、半ば嬉しそうに話を繋ぐ。

だがその辺りから、東雲は増々この男の証言を眉に唾をつけながら聞き始めていた。元々敦賀野が、多少情緒不安定に陥っているのではないかとは思っていたのだが。

おどおどと怯え、落ち着き無く周囲を見回していたかと思うと、急に薄気味悪い含み笑いを浮かべたり、突然泣き出したり。挙句の果てには、些細な事で急に興奮して暴れ出し、

「どうしたんですか？　まさか貴方《あなた》、忘れたんじゃないでしょうね。忘れたんですか。忘れたんですか!?　私があれほど『絶対に忘れないで』と念を押したのに!!　貴方、一体人の話を……!!」

そう怒鳴り散らしながら、曽我や東雲の襟首に掴みかかって来たのだ。

慌てて二人で取り押さえたが、暫くは意味不明な事を喚《わめ》き続けていた。だが次の瞬間には、急に空気が抜けた風船のように萎《しお》れ、

「すいません、取り乱しまして」

と何度も頭を下げながら、今度は卑屈に媚《こ》びるような追従《ついしょう》笑いを浮かべるのだった。

（こいつ、少し頭が可変しいんじゃないのか）

東雲が露骨に眉を顰《しか》めたのは、殺した筈の芙路魅が目の前の長椅子《ソファ》に腰掛けていたという証言をした時だ。荒唐無稽《こうとうむけい》な妄言《もうげん》としか思えない。死者が甦《よみがえ》ったとでも言いたいのか。

「でも、これで何も彼も終わった。田名網の殺害で、全ては終わったんだ。少なくとも私はそう信じていました。今日まではね」

田名網殺害を語り終えた敦賀野は、大きく溜息を吐いた。そして淹れ直したお茶を一気に飲み干すと、急にまた興奮したように、

「でも、まだ終わっていなかった。終わっていなかったんです」

「落ち着いて下さい。それから何が起こったんですか」

曽我が宥《なだ》めるように肩へ手を当てると、

「午前中の仕事が一息吐き、昼過ぎにマンションへ戻った時、私は愕然としました。またしても玄関に、子供用と思しき靴が何足も並んでいたのです」

敦賀野が再び話し始めた。

「居間《リビング》から何か声が聞こえました」

居間《リビング》から何か声が聞こえました。

「誰よ、誰なの!! 私の大切な指輪を盗んだのは!!」

芙路魅の声です。それに続いて幼い子供達の、困惑するような、抗議するような声が忙しなく錯綜しました。暫くは言い争うような遣り取りが続きましたが、

「疑ってご免なさい。お詫びに私の家へ皆を招待するわ。面白いゲームがたくさんあるの。来てくれるわよね」

彼女の様変りした優しい声に、子供達が歓声で応えました。

「じゃあ、今から直ぐに行きましょう」

浮噪《はしゃ》ぐ三人の幼い子供達と共に、その小さな手を優しく握り締める芙路魅が私の前に現れました。子供達は軽く会釈をしただけですが、彼女だけが擦れ違い様に、

「先生、また指輪が失くなったの。私の大切な指輪が」

そう小声で囁きました。

「取り返さないと。だってママから戴いた大切な指輪ですもの」

そう言い残して子供達と共に部屋を立ち去る彼女を、ただ呆然と眺めていました。

ようやく私にも分かったのです、芙路魅の正体が……

「ようやく私にも分かったのです、芙路魅の正体が」

敦賀野は視線を落とし、絶望したように首を左右へ振った。

「美しい芙美の子宮を借りて育ち、そのために人間の姿形を纏《まと》っていますが、あれは怪物です。誰彼構わず殺さずにはいられない、怪物なんです」

吐き出すようにそう言い切ると、

「確かに私も人を殺《あや》めました。今更自分の犯した罪を免れようなどとは考えていません。だからこうして自首してきたのです。何もかも白状する決意《つもり》で」

それから顔を上げ、

「曽我さん……と仰《おっしゃ》いましたね、刑事さん」

曽我が応えるように頷くと、

「直ぐに弓削教授の家へ行って下さい。そしてあの子供達を救ってあげて下さい――いえ、もうあの子達を助ける事は出来無いかも知れません」

敦賀野の目に涙が浮かんでいるのが東雲にも分かった。

「それなら、せめてあれを捕まえて下さい。芙路魅という怪物を」

東雲と曽我は、沈痛な面持ちで目を合わせた。

その時、別の刑事が取調室へ入って来た。素早く東雲の傍へ歩み寄ると、耳元へ小声で、

「確かに男の子二人、女の子一人の捜索願いが提出されていました。幼稚園からの帰宅時間が過ぎているのに戻らないというので、心配した両親から通報があったそうです」

既に弓削邸の捜査令状も地裁へ申請したらしい。

だが事情の分からない敦賀野は、そんな様子に不審を抱いたのか、また声を幾分荒らげ、

「私の話を信じていらっしゃらないのですね。私を狂っていると思っていらっしゃるのですね」

刑事達の視線が敦賀野へ集中する。

「でも、あれは怪物です。それもヌルヌルした単細胞の原生動物《アメーバ》みたいに分裂して、自分と同じものを次々に創り出す、恐ろしい怪物に違いありません。放っておけば、人間はあれの仲間共によって皆殺しにされてしまうでしょう」

曾我が、呆気に取られている二人の刑事を尻目に、抑えた口調で問い返した。

「怪物、原生動物？　どういう事ですか」

「どういう事か、って？」

敦賀野は引《ひ》き攣《つ》ったような作り笑いを浮かべながら、

「見たんですよ……」

†

曾我は、地下室の入り口脇の外壁に凭《もた》れながら、事件を何度も整理し直していた。

この世に同じ指紋は二つと無い——東雲はそう言っていた。だから芙路魅が既にこの世から消えたのは、疑いの余地も無い事実なのだ。

同じ台詞が何度頭を巡っただろうか。そう思った時、

（いや、本当にそうなのか？）

ふと曾我の頭の中に、疑問符が湧き上がった。

本当に同じ指紋はこの世に二つと存在しないのだろうか。

確かどこかで……

「そろそろ遺体を運びだそう」

捜査主任の指示で、遺体を運び出す準備が始まっ

た。憐れな子供達の亡骸《なきがら》に、係官の手が伸びたその瞬間《とき》——

「待って下さい」

突然、地下室の階段を駆け下りる曾我の声が響いた。室内にいた捜査関係者全員の動きが止まる。

「主任、お願いしたい事があるのですが」

怪訝そうに頷く捜査主任の耳元で、曾我が何かを囁いた。最初は眉根を寄せていた捜査主任だが、話を聞き終わるなり検死官を呼び、

「先生、ちょっと調べて欲しい事があるんだが」

検死官は、捜査主任の話に当惑したような表情を浮かべている。だがそれに続く曾我の説明を聞くなり、目を丸くしながら耳を欹《そばだ》てた。そして話を聞き終えるなり「早速調べて見よう」とだけ告げ、地下室内を慎重な足取りで調べ始めたのである。

何事かと思い、東雲は検死官の動きを目で追った。どうやら室内に散らばる臓器を、一つ一つ丹念に調べ直しているらしい。時折床に膝を突き、肉塊を直接手に取って凝視《じっ》と観察している。

「一体どうしたんだい」

東雲が曾我の傍らでそっと呟くが、それに答える前に検死官が駆け寄って来た。

「驚いたよ、曾我君。君の言う通りだ。腹部を切り裂かれていた子供は三人なのに、心臓は四つ転がっている。しかも、その内一つは明らかに大人のものだ」

他の臓器も四人分揃っているかも知れないな——

検死官が言い足した言葉を、地下室に響く動揺の声が掻き消した。

「どういう事だ、曾我君」

事情の分からぬ東雲が、皆を代弁するように声を上げた。

「バルテノジェネシス」

「えっ!?」

曾我の言葉に東雲は語尾を吊り上げた。

「元々単一の細胞から子孫が生み出される事で、細菌が分裂して増えたり、植物が挿し木によって増え

たりするのが一般的な事例《ケース》です」

東雲は黙って話の続きを促す。

「でも、これは昆虫や動物でも極稀《ごくま》れに起る、奇妙で不思議な生殖様式でもあるんですよ。つまり、父親の遺伝子抜きに母親の遺伝子だけで発生が起る現象――〝処女懐胎〟です」

「〝処女懐胎〟？　それが動物でも稀れに起る、って……じゃあ人間にも」

曽我は視線をゆっくりと外しながら、

「一九四四年、第二次大戦中ドイツのハノーバーで、連合軍の爆撃を受け、道端に倒れている女性が助けられました。そして彼女は九ヵ月後、一人の女の子を出産したのです。

「しかし母親となったその女性は、男性と関係を持った事は一度も無いと言い張りました。女性の主張が嘘でない事は、医師の検査でも証明されています」

外した視線の先を東雲の目が追う。それは弓削教授の遺体だった。

「医師団は、恐らく爆撃の衝撃が彼女の子宮内の体細胞に何らかの刺激を与え、〝処女懐胎〟を引き起こしたのではないかと考えたそうです」

曽我は、弓削教授の遺体を運び出そうとしていた捜査官達に、目線でその場を離れるように促した。

「生まれた女の子は母親と瓜二つ。髪や目の色、血液型は勿論の事」――聞き耳を立てる東雲の、生唾を飲み込む音が地下室に響く――「指紋まで一致していたんです」

捜査主任は地下室にいる部下全員に、目配せで合図を送った。

「芙路魅は一一年前、雲龍山の噴火に遭遇していましたよね」

「曽我君。まさかその時に」

東雲が小声で叫んだ時、捜査官達は既に遺体の周囲を取り囲んでいた。

「大の大人なら、中身を引き摺り出して空っぽになったとしても、あの中に隠れる事はとても不可能です」

曽我が顎で弓削教授の遺体を、特にその丸々太った腹の辺りを指した。

「でも子供なら、あの中に……」

そう言い終えた途端、真っ赤に染まったワイシャツに包まれた弓削教授の大きな腹が、まるで中で虫が蠢《うごめ》くように動いたような気がした。

曽我は頭の中で、敦賀野雹吾の自供を思い出していた。

そうだ。これが真相なら、数時間前に自首して来た敦賀野の自供とも話が符合する。あの時は正気の状態で行った告白とは思えなかったが、敦賀野は最後にこう言ったのだ。

「……見たんですよ。あの激しい雨の降り頻《しき》る中、死体を河川敷に捨てた後、私の部屋の居間で私を待っていた奴——あれは一〇歳の芙路魅だったんです」

◇参考文献
アン・モア／デビッド・ジェゼル著　藤井留美訳『犯罪に向かう脳』（原書房）
アンドリュー・キンブレル著　福岡伸一訳『ヒューマンボディショップ』（化学同人）
池田香代子他著『走るお婆さん』（白水社）
渡辺節子・岩倉千春著『夢で田中にふりむくな』（ジャパンタイムズ）
木原浩勝・中山市朗著『新耳袋／第一夜』（メディアファクトリー）
同　『新耳袋／第五夜』（メディアファクトリー）
広瀬立成・細田昌孝著『真空とはなにか』（講談社ブルーバックス）

※指輪を飲み込んでも通常二、三日で排泄されるらしいが、形によっては大変な危険を伴う。指輪等の異物を飲み込んだ場合、直ちに救急車を呼ぶなり医師等に相談するべきである。
万一、本稿の真似をされて指輪を飲まれた場合、貴殿がどのような危険を蒙ったとしても、著者は一切の責任を負い兼ねる。

JASRAC　出 0203185—201

N.D.C.913　132p　18cm

芙路魅《ふじみ》 Fujimi

二〇〇二年四月五日　第一刷発行

定価はカバーに
表示してあります

KODANSHA NOVELS

著者—積木《つみき》鏡介《きょうすけ》

発行者—野間佐和子

発行所—株式会社講談社

東京都文京区音羽二-一二-二一
郵便番号一一二-八〇〇一

編集部〇三-五三九五-三五〇六
販売部〇三-五三九五-五八一七
業務部〇三-五三九五-三六一五

印刷所—株式会社精興社　製本所—大口製本印刷株式会社

ISBN4-06-182253-5（文三）

KODANSHA NOVELS 講談社ノベルス

建築探偵桜井京介の事件簿
灰色の砦 篠田真由美

建築探偵桜井京介の事件簿
原罪の庭 篠田真由美

建築探偵桜井京介の事件簿
美貌の帳 篠田真由美

建築探偵桜井京介の事件簿
桜闇 篠田真由美

建築探偵桜井京介の事件簿
仮面の島 篠田真由美

蒼の四つの冒険
センティメンタル・ブルー 篠田真由美

建築探偵桜井京介の事件簿
月蝕の窓 篠田真由美

書下ろし怪奇ミステリー
斜め屋敷の犯罪 島田荘司

書下ろし時刻表ミステリー
死体が飲んだ水 島田荘司

長編本格推理
占星術殺人事件 島田荘司

都会派スリラー
殺人ダイヤルを捜せ 島田荘司

長編本格推理
火刑都市 島田荘司

長編本格ミステリー
網走発遙かなり 島田荘司

四つの不可能犯罪
御手洗潔の挨拶 島田荘司

長編本格推理
異邦の騎士 島田荘司

異色中編推理
御手洗潔のダンス 島田荘司

異色の本格ミステリー巨編
暗闇坂の人喰いの木 島田荘司

御手洗潔シリーズの金字塔
水晶のピラミッド 島田荘司

新〝占星術殺人事件〟
眩暈（めまい） 島田荘司

御手洗潔シリーズの輝かしい頂点
アトポス 島田荘司

多彩な四つの奇蹟
御手洗潔のメロディ 島田荘司

御手洗潔の幼年時代
Pの密室 島田荘司

御手洗潔の奇蹟
最後のディナー 島田荘司

第13回メフィスト賞受賞作
ハサミ男 殊能将之《しゅのうまさゆき》

2000年本格ミステリの最高峰！
美濃牛 殊能将之

本格ミステリ新時代の幕開け
黒い仏 殊能将之

本格ミステリの精華
鏡の中は日曜日 殊能将之

メフィスト賞受賞作
血塗られた神話 新堂冬樹

The Dark Underworld
闇の貴族 新堂冬樹

血も凍る、狂気の崩壊
ろくでなし 新堂冬樹

KODANSHA 講談社ノベルス NOVELS

前代未聞の大怪作登場!!
コズミック　世紀末探偵神話　清涼院流水

メタミステリ、衝撃の第二弾!
ジョーカー　旧約探偵神話　清涼院流水

革命的野心作
19ボックス　新みすてり創世記　清涼院流水

JDCシリーズ第三弾登場
カーニバル・イヴ　人類最大の事件　清涼院流水

清涼院流水史上最高最長最大傑作!
カーニバル　人類最後の事件　清涼院流水

執筆二年、極限流水節一〇〇〇ページ!
カーニバル・デイ　新人類の記念日　清涼院流水

あの「流水」がついにカムバック!
秘密屋　赤　清涼院流水

新世紀初にして最高の「流水大説」!
秘密屋　白　清涼院流水

メフィスト賞受賞作
六枚のとんかつ　蘇部健一

本格のエッセンスに溢れる傑作集
長野・上越新幹線四時間三十分の壁　蘇部健一

一目瞭然の本格ミステリ
動かぬ証拠　蘇部健一

第11回メフィスト賞受賞作!!
銀の檻を溶かして　薬屋探偵妖綺談　高里椎奈

ミステリー・フロンティア
黄色い目をした猫の幸せ　薬屋探偵妖綺談　高里椎奈

ミステリー・フロンティア
悪魔と詐欺師　薬屋探偵妖綺談　高里椎奈

ミステリー・フロンティア
金糸雀が啼く夜　薬屋探偵妖綺談　高里椎奈

ミステリー・フロンティア
緑陰の雨　灼けた月　薬屋探偵妖綺談　高里椎奈

ミステリー・フロンティア
白兎が歌った蜃気楼　薬屋探偵妖綺談　高里椎奈

ミステリー・フロンティア
本当は知らない　薬屋探偵妖綺談　高里椎奈

ミステリー・フロンティア
蒼い千鳥　花霞に泳ぐ　薬屋探偵妖綺談　高里椎奈

創刊20周年記念特別書き下ろし
それでも君が　ドルチェ・ヴィスタ　高里椎奈

書下ろしスペースロマン
女王様の紅い翼　高瀬彼方《かなた》

書下ろし宇宙戦記
戦場の女神たち　高瀬彼方

書下ろし宇宙戦記
魔女たちの邂逅　高瀬彼方

平成新軍談
天魔の羅刹兵　一の巻　高瀬彼方

平成新軍談
天魔の羅刹兵　二の巻　高瀬彼方

第9回メフィスト賞受賞作!
QED　百人一首の呪　高田崇史《たかふみ》

書下ろし本格推理
QED　六歌仙の暗号　高田崇史

書下ろし本格推理
QED　ベイカー街の問題　高田崇史

書下ろし本格推理
QED　東照宮の怨　高田崇史

創刊20周年記念特別書き下ろし
QED　式の密室　高田崇史

驚天動地のホラー警察小説
東京ナイトメア 薬師寺涼子の怪奇事件簿　田中芳樹

書下ろし短編をプラスして待望のノベルス化!
魔天楼 薬師寺涼子の怪奇事件簿　田中芳樹

異世界ファンタジー
西風の戦記《ゼピュロシア・サーガ》　田中芳樹

長編ゴシック・ホラー
夏の魔術　田中芳樹

長編サスペンス・ホラー
窓辺には夜の歌　田中芳樹

長編ゴシック・ホラー
白い迷宮　田中芳樹

タイタニック級の兇事が発生!
クレオパトラの葬送 薬師寺涼子の怪奇事件簿　田中芳樹

妖艶怪奇な新本格推理
からくり人形は五度笑う　司《つかさ》 凍季《とき》

哀切きわまるミステリー世界
さかさ髑髏《どくろ》は三度《みたび》唄う　司 凍季

名探偵・一尺屋遙シリーズ
湯布院の奇妙な下宿屋　司 凍季

名探偵・一尺屋遙シリーズ
学園街の〈幽霊《ゴースト》〉殺人事件　司 凍季

ロマン本格ミステリー!
アリア系銀河鉄道　柄刀《つかとう》 一《はじめ》

至高の本格推理
奇蹟審問官アーサー　柄刀 一

書下ろし長編ミステリー
怪盗フラクタル 最初の挨拶　辻 真先

書下ろし本格ミステリー
不思議町惨丁目　辻 真先

冥界を舞台とするアップセット・ミステリー
デッド・ディテクティブ　辻 真先

ウルトラ・ミステリ
A先生の名推理　津島誠司

メフィスト賞受賞作
歪んだ創世記　積木鏡介

まばゆき狂気の結晶
魔物どもの聖餐(ミサ)　積木鏡介

ダークサイドにようこそ
誰かの見た悪夢　積木鏡介

血の衝撃!
芙路魅 Fujimi　積木鏡介

書下ろし鉄壁のアリバイ&密室トリック
能登の密室 金沢発15時54分の死者　津村秀介

書下ろし鉄壁のアリバイ崩し
海峡の暗証 函館着4時24分の死者　津村秀介

書下ろし圧巻のトリック!
飛騨の陥穽 高山発11時19分の死者　津村秀介

書下ろし鉄壁のアリバイ崩し
山陰の隘路 米子発9時20分の死者　津村秀介

世相を抉る傑作ミステリ
非情　津村秀介

国際時刻表アリバイ崩し傑作!
巴里《パリ》の殺意 ローマ着18時50分の死者　津村秀介

書下ろし鉄壁のアリバイ崩し
逆流の殺意 水上着11時23分の死者　津村秀介

書下ろし鉄壁のアリバイ崩し
仙台の影絵 佐賀着10時16分の死者　津村秀介

書下ろし鉄壁のアリバイ崩し
伊豆の朝凪 米沢着15時27分の死者　津村秀介

蘭子シリーズ最大長編
人狼城の恐怖 第二部フランス編 二階堂黎人

悪魔的史上最大のミステリ
人狼城の恐怖 第三部探偵編 二階堂黎人

世界最長の本格推理小説
人狼城の恐怖 第四部完結編 二階堂黎人

新本格作品集
名探偵の肖像 二階堂黎人

正調「怪人 対 名探偵」
悪魔のラビリンス 二階堂黎人

第23回メフィスト賞受賞作
クビキリサイクル 西尾維新

めくるめく謎と論理が開花!
解体諸因 西澤保彦

驚天する奇想の連鎖反応
完全無欠の名探偵 西澤保彦

書下ろし新本格ミステリ
七回死んだ男 西澤保彦

書下ろし新本格ミステリ
殺意の集う夜 西澤保彦

書下ろし本格ミステリ
人格転移の殺人 西澤保彦

書下ろし新本格ミステリ
麦酒の家の冒険 西澤保彦

書下ろし新本格ミステリ
死者は黄泉が得る 西澤保彦

書下ろし新本格ミステリ
瞬間移動死体 西澤保彦

書下ろし新本格ミステリ
複製症候群 西澤保彦

神麻嗣子の超能力事件簿
幻惑密室 西澤保彦

神麻嗣子の超能力事件簿
実況中死 西澤保彦

神麻嗣子の超能力事件簿
念力密室! 西澤保彦

神麻嗣子の超能力事件簿
夢幻巡礼 西澤保彦

神麻嗣子の超能力事件簿
転・送・密・室 西澤保彦

長編鉄道推理
四国連絡特急殺人事件 西村京太郎

長編鉄道推理
寝台特急あかつき殺人事件 西村京太郎

長編野球ミステリー
日本シリーズ殺人事件 西村京太郎

鉄道推理
L特急踊り子号殺人事件 西村京太郎

長編鉄道推理
寝台特急「北陸」殺人事件 西村京太郎

乱歩賞SPECIAL 新トラベルミステリー
オホーツク殺人ルート 西村京太郎

鉄道推理
行楽特急ロマンスカー殺人事件 西村京太郎

長編トラベルミステリー
南紀殺人ルート 西村京太郎

トラベルミステリー
阿蘇殺人ルート 西村京太郎

トラベルミステリー
日本海殺人ルート 西村京太郎

KODANSHA NOVELS 講談社ノベルス